Kommissar Kugelblitz

Ursel Scheffler

Kugelblitz in Wien

Illustriert von Max Walther

Schneiderbuch
EGMONT

verlegt durch Egmont Verlagsgesellschaften mbH,
Gertrudenstraße 30–36, 50667 Köln

Titelbild und Illustrationen: Max Walther
Umschlaggestaltung: Hohl & Wolf, Hainburg
Layoutumsetzung: Angela May, Mettmann
Printed in Germany (671575)
BNG908_01
ISBN 978-3-505-13493-7

14 15/8 7 6 5 4 3 2 1

MIX
Papier
FSC FSC® C014496

Inhalt

Who is who?

KK + Team
Alex von Borsody + Gräfin Marisa
Kommissar Reindl
Yang
Yin
Prinz Mirza
Prinzessin Layla
Hofrat Scherzl + Helene
Pierre Foulard

Wer spielt mit?

Kommissar Kugelblitz (KK) und sein Team

Alex von Borsody, Kriminalschriftsteller,
und seine Frau **Gräfin Marisa**

Prinz Mirza von Jamei, seine Frau **Prinzessin Layla**
und die Kinder **Yin** und **Yang**

Kommissar Reindl von der Kripo Wien

Hofrat Scherzl und seine Frau **Helene**

Pierre Foulard, ein Handelsvertreter

Mme Bischu, Angestellte von Cartier, Paris, seine Freundin

Jim Beam und **Jack Daniels,** zwielichtige Geschäftsleute aus
Chicago, die ursprünglich aus Wuppertal stammen

außerdem:
Ballgäste, ein Hoteldetektiv, ein Kostümverleiher,
eine Putzmacherin mit Mann und Tochter

Ein Katzensprung nach Wien

Es ist ein sonniger Wintermorgen Anfang Februar. Kommissar Kugelblitz macht auf dem Weg ins Büro einen kleinen Umweg durch den Hamburger Stadtpark. In der klaren Winterluft kommen ihm oft die besten Gedanken. Seine Schritte knirschen im Schnee, der über Nacht gefallen ist. Ein schwarzer Kater huscht ins Gebüsch. Er hinterlässt seine Pfotenabdrücke im Schnee.

Das erinnert Kugelblitz an den Fall Tigertatze, der immer noch ungeklärt auf seinem Schreibtisch liegt: ein international gesuchter Juwelendieb, der statt Fingerabdrücken den schwarzen Abdruck einer Tigertatze am Tatort zurücklässt. Jetzt hat er auch

einen Juwelier in Hamburg am Jungfernstieg ausgeraubt. Außer der Tigertatze gibt es keine Spur. Kugelblitz seufzt leise. Nun, selbst ein Superhirn wie Sherlock Holmes konnte nicht alle Fälle sofort lösen!

Als Kugelblitz ins Kommissariat kommt, duftet es nach frischem Kaffee.

Auf dem Tisch im Sitzungszimmer steht eine Kirschtorte, die seine drei Assistenten mit hungrigen Augen umlagern.

„Die hat Zwiebel gebacken. Seine Zwillinge hatten gestern Geburtstag", erklärt Sonja Sandmann.

„Also eigentlich ein Zwiebelkuchen", grinst Fritz Pommes.

„Zwillingszwiebelkuchen“, ergänzt Sonja Sandmann.

„Sie trinken doch eine Tasse mit, Chef?“, fragt Peter Zwiebel.

„Na klar!“, brummt Kugelblitz und zieht den Mantel aus. „Und herzlichen Glückwunsch nachträglich für die Zwiebelzwillinge!“

Sonja Sandmann reicht ihrem Chef den Kaffeebecher und die Zeitung. „Juwelenraub in Cannes! Vermutlich wieder unser Freund Tigertatze. Ich hab den Bericht rot angestrichen.“

Kugelblitz setzt die Brille auf und liest: „Juwelenraub in Cannes. Schmuck im Wert von 100 Millionen Euro aus Schmuck-

ausstellung im Carlton Hotel geraubt. Steckt wieder ‚Tigertatze' dahinter?"

„Der Bursche gibt keine Ruhe!", brummt Kugelblitz.

Und dann liest er eine zweite Meldung, die gleich daneben steht: „Wiener Krimiautor erhält Staatspreis" lautet die Über-

schrift. Er deutet auf das Foto eines etwa 40-jährigen gut aussehenden Mannes. „Das ist doch unser Wolpi! Alex Wolpertinger aus Wien, der vor längerer Zeit für ein paar Monate als Ermittler bei uns gearbeitet hat."

„Der hat die Juwelen geklaut?", staunt Pommes.

„Nein, der hat den Staatspreis für Literatur erhalten", erklärt Kugelblitz. „Er war Spezialist für digitale Spurenermittlung in Wien, bis er eine reiche ungarische Gräfin aufgespürt und geheiratet hat. Danach hat er seinen Beruf an den Nagel gehängt, um Dichter zu werden." Kugelblitz schmunzelt. „Er hat seine kriminalistische

Karriere eben auf andere Weise fortgesetzt!“

„Wow! Ein Staatspreis für Kriminalliteratur!“, staunt Pommes. „Aber unter dem Bild steht ein anderer Name.“

„Sein Künstlername?“ vermutet Sonja Sandmann.

„Ich glaub, er hat damals den Namen seiner Frau angenommen“, erinnert sich Kugelblitz.

In diesem Augenblick klingelt das Telefon.

„Für Sie, Chef!“, sagt Zwiebel und reicht Kugelblitz den Hörer. „Ein Herr von Borsody aus Wien!“

„Herr von Borsody, was verschafft mir die Ehre?“, fragt Kugelblitz überrascht.

Ein fröhliches Lachen erklingt am anderen Ende der Leitung. „Ich bin's, der Alex, oder der Wolpi, wenn dir das lieber ist!"

„Das gibt es nicht: Gerade haben wir über dich gesprochen, meine Assistenten und ich, und in der gleichen Minute rufst du an!", ruft Kugelblitz verblüfft.

„Magische Gedankenübertragung", lacht der Krimiautor. „Das ist mir schon oft passiert."

„Herzlichen Glückwunsch zum Staatspreis!", sagt Kugelblitz.

„Nicht ganz unverdient", brummt Wolpi alias Alexander von Borsody. „Aber ehrlich gesagt hat der Vetter meiner Frau ein wenig nachgeholfen. Der hat enge

Beziehungen zum Ministerium." Er lacht vergnügt. „Auch das ist das Leben."

„Und weshalb rufst du an? Kommst du etwa nach Hamburg?"

„Im Gegenteil: Ich möchte dich nach Wien einladen. Zum Opernball. Ich hab eine der heiß begehrten Karten für dich reserviert. Unmittelbar davor findet die Verleihung des Staatspreises statt. Und da sollst du als mein Freund und Förderer unbedingt dabei sein. Ich hab viel gelernt damals bei euch. Vieles, was ich jetzt in meinen Kriminalromanen gut verwerten kann!"

„Opernball? Muss ich da etwa tanzen?", fragt Kugelblitz erschrocken.

„Höchstens anstandshalber einmal mit

meiner Frau“, lacht Alex. „Und die führt beim Walzer. Also keine Bange. Ein alter Bekannter von dir kommt übrigens auch: Prinz Mirza aus Jamei. Er brennt darauf, dich zu sehen. Er braucht dringend deinen Rat. Du kommst doch?“

„Wahrscheinlich hab ich keine Zeit“, weicht Kugelblitz aus.

„Dann schau mal in deinen Terminkalender. Der Ball ist Ende Februar.“

„Ich glaub, da haben wir eine Tagung in Kopenhagen“, zögert Kugelblitz und wirft einen Hilfe suchenden Blick zu seiner Assistentin. „Sehen Sie mal nach, Sandmännchen?“

„Die Tagung in Kopenhagen ist gestern abgesagt worden!“, ruft Sonja Sandmann vergnügt. Die Idee, ihren Chef auf dem Opernball tanzen zu lassen, gefällt ihr ungemein.

Kugelblitz sträubt sich noch ein bisschen, aber schließlich sagt er zu.

So kommt es, dass Kugelblitz am 25. Februar um 10.15 Uhr im Flugzeug sitzt und schon nach 95 Minuten auf dem Wiener Flughafen landet.

„Wien ist ja von Hamburg aus schneller zu erreichen als die Nordsee auf der Autobahn“, staunt er nach einem Blick auf die Flughafenuhr und zieht dann schnell seinen kleinen, reiseerprobten Koffer vom Gepäckband.

Sein ehemaliger Kollege erwartet ihn schon. Er hält ein Schild hoch auf dem „Wien grüßt Kugelblitz“ steht.

Alexander von Borsody deutet lachend auf das Schild und sagt: „Ich war nicht sicher, ob du mich nach so langer Zeit noch wiedererkennst, lieber Isidor!“

„Muss ich jetzt Herr von Borsody zu dir sagen, damit deine Fans nicht enttäuscht sind?“, erkundigt sich Kugelblitz augenzwinkernd.

„Ich bin und bleib der Alex", lacht Alexander. „Und ich darf dich Isy nennen, wie früher?"

„Das ist doch klar", sagt Kugelblitz.

„Heute Abend wartet eine Überraschung auf dich. Aber das soll ich noch nicht

verraten. Die Einladung liegt auf deinem Zimmer."

„Da bin ich gespannt", brummt Kugelblitz. „Und was machen wir jetzt?"

„Ich bringe dich in dein Hotel am Ring. Aber vorher müssen wir gemeinsam einen schwierigen Fall lösen."

„Und was ist das für ein schwieriger Fall?", erkundigt sich Kugelblitz gespannt.

„Du brauchst einen Frack", sagt Alex. Er wirft einen prüfenden Blick auf den kleinen abgenutzten Koffer von Kugelblitz. „Ich nehme an, dass du keinen dabeihast?"

Schmunzelfragen an alle Detektive, die sich in der besseren Gesellschaft tierisch gut auskennen:

1. Welches Tier trägt einen Frack?
   a. der Kragenbär
   b. der Pinselaffe
   c. der Pinguin
2. Wofür braucht KK dieses altmodische Kleidungsstück?

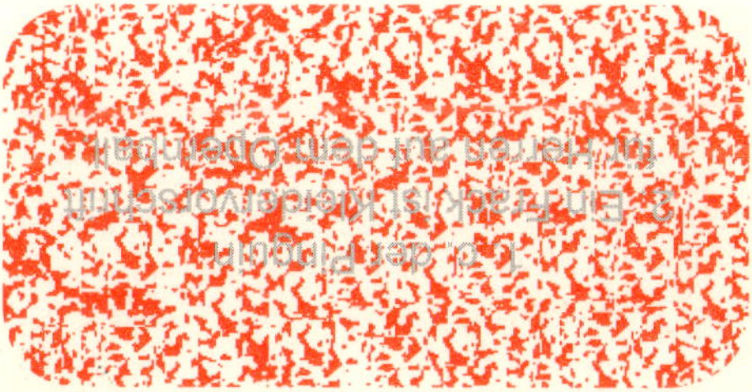

Ein Fall für zwei

„Ein Frack? Muss das sein?“, protestiert Kugelblitz, als sie in Borsodys silbernem Mercedes Richtung Innenstadt fahren.

„So will es die Kleiderordnung des Opernballs. Wir sitzen in einer Ehrenloge. Da kannst du nicht im normalen Anzug kommen“, versichert Alex.

„Ich will doch nicht als Pinguin in die Oper watscheln“, knurrt Kugelblitz.

„Stell dir vor, es wäre Karneval“, lacht Alex. „Da verkleiden sich auch alle.“

„Und wie krieg ich so ein Ding?“, brummt Kugelblitz genervt.

„Schneller, als du denkst“, sagt Alex von Borsody und schaltet die Freisprechfunktion seines Handys ein. „Beim Kostümver-

leiher Bobby von Reybach. Ein Freund von mir! Wir fahren auf dem Weg zum Hotel gleich bei ihm vorbei. Ich melde uns schon mal an.“

„*Servus*, Alex“, ruft der Kostümverleiher erfreut, als er die beiden kurz darauf in seinem von oben bis unten mit Kleiderständern vollgestopften Geschäftslokal erblickt. „Wetten, du brauchst wieder einen Frack für den Opernball?“

„Nein, meine Frau hat mir längst einen eigenen Frack schneidern lassen, Bobby“, lacht Alex. „Aber mein Freund hier braucht das richtige Outfit für den Ball.“

„Döswernmergleiham“, versichert der Kostümverleiher. Er lässt einen abschät-

zenden Blick über Kugelblitz gleiten und murmelt: *„Daschaumermal."*

Er greift nach dem gelben Maßband, das um seinen Hals baumelt, und nimmt Maß.

Dann legt er die Stirn in Falten, murmelt: „Extrakurz und extrabreit", und verschwindet zwischen den Kleiderständern.

„*Dösmüssthinhaun*“, brummt er, als er mit einem Arm voller schwarzer Fräcke zurückkommt.

Der erste Anzug ist zu eng, obwohl KK den Bauch einzieht. Der zweite hat zu lange Ärmel. Kugelblitz schlenkert mit den Armen und kommt sich wie ein Gorilla vor. Der dritte hat zu breite Schultern.

In der Nebenkabine bedient ein junger Verkäufer einen Kunden, der ebenfalls einen Frack anprobiert. Kugelblitz hört, wie er sagt: „Größe 52 passt ohne Änderung! Sie haben die perfekte Figur dafür, Mr Beam!“

„Ich nehme gleich zwei davon. Mein Bruder Jack hat die gleiche Größe“, antwortet der Kunde.

„Fabelhaft“, freut sich der Verkäufer über das doppelte Geschäft. „Ist ja bequem, wenn immer nur einer probieren muss.“

„Einen, der für mich Klamotten probiert, hätte ich auch gern“, seufzt Kugelblitz.

Der siebte Frack passt endlich einigermaßen. Zumindest die Jacke.

„Wir müssen nur die Hosen kürzen und den Bund etwas weiter machen!“, sagt Bobby von Reybach und ruft Franz, den Schneider.

Während Franz mit Stecknadeln zwischen den Zähnen die Hosenbeine absteckt, holt Max von Reybach das Plastron, eine gestärkte weiße Hemdbrust, die unter der Frackjacke getragen wird.

Als der geschäftstüchtige Kostümverleiher noch eine schwarze Fliege für den Kragen bringt, platzt Kugelblitz derselbe: „Halt! Da trage ich lieber meine gelb getupfte Fliege. Das ist meine persönliche Note!“

„Dakammernixmachen“, sagt der Schneider und zuckt mit den Schultern.

Dann ist der Deal perfekt.

„Schick die Rechnung an mich“, sagt Alex von Borsody großzügig. „Und den Frack, so schnell ihr könnt, ins Hotel Marriott am Parkring.“

„Wir liefern bis morgen“, verspricht Reybach.

Als sie kurz vor 17 Uhr wieder zum Auto laufen, regnet es.

„Nur ein Schauer!“, sagt Alex und öffnet die Wagentür. „Steig schnell ein, Isy.“

Völlig erschöpft von der anstrengenden Frackprobe erreicht KK endlich sein Hotelzimmer. Dort erwartet ihn ein Blumenbouquet mit rosa Amaryllis auf dem Glastisch. In den Blumen steckt eine Karte mit dem königlich jameianischen Wappen. Darauf steht in Golddruck:

„Prinz Mirza und Prinzessin Layla!“, überlegt Kugelblitz. „Die hab ich zuletzt vor ein paar Jahren kurz vor ihrer Hochzeit in Paris getroffen.“

„Ich hab dich ja vorgewarnt“, sagt Alex lachend, der Kugelblitz aufs Zimmer begleitet hat. „Aber es ist erst kurz nach 17 Uhr. Da kannst du dich noch zwei Stunden ausruhen! Zum Palais Coburg ist es nicht weit. Es wurde auf der Bastei, einem Teil der alten Befestigungsanlage Wiens, errichtet. Ach – und ich hab dir meinen neusten Krimi mitgebracht. Würde mich interessieren, wie du ihn findest.“ Er drückt ihm das Buch in die Hand.

Nach einer erfrischenden Dusche legt sich Kugelblitz im Bademantel aufs Bett. Er freut sich auf eine behagliche Lesestunde. „Der Juwelenraub von Nizza“ heißt der Krimi von Alex von Borsody. Ein wirklich spannendes Buch! Wie gut, dass er den Handywecker gestellt hat. Der erinnert ihn um 19 Uhr an seine Verabredung.

Ein Glück, dass ich heute beim Abendessen keinen Frack anziehen muss, denkt Kugelblitz erleichtert, als er kurz nach 19 Uhr in seine bequeme dunkelblaue Blazerjacke schlüpft.

Als er am Hotelempfang ein Taxi zur Coburgbastei 4 bestellen will, lacht der Portier und sagt: „Die Bastei ist direkt hinter

unserem Hotel. Da gehen Sie besser zu Fuß. Nehmen Sie den Hinterausgang. Dann sind Sie fast schon dort. Hier ist ein Schirm. Es regnet zwar schon seit einer Stunde nicht mehr. Aber man kann nie wissen."

Fragen an alle Detektive mit guter Beobachtungsgabe:

1. Welche Kleidergröße hat der junge Mann, der neben Kugelblitz einen Frack probiert hat?
2. Wie heißt der Kostümverleiher?
3. Was ist eine Bastei?

1. Er hat die Kleidergröße 52.
2. Bobby von Heybach
3. Eine Bastei ist eine Befestigungsanlage.

Ein aufregendes Dinner

Als Kugelblitz sein Hotel durch den Hinterausgang verlässt, hat er sein Ziel schon vor Augen. Das Palais Coburg thront eindrucksvoll auf einer der alten Befestigungsmauern der Wiener Altstadt. Die Terrassen seiner palastartigen Fassade werden von Halogen-Scheinwerfern in helles Licht getaucht.

„Seine Hoheit erwartet Sie schon im Basteigarten-Restaurant", sagt der Empfangschef, als Kugelblitz in der Hotelhalle eintrifft.

Kugelblitz übergibt dem Portier seinen trockenen Schirm und folgt dem Hotelboy bis zum Restaurant.

Restaurant

„Wie schön, dass wir uns endlich wiedersehen!“, ruft Prinzessin Layla erfreut, als sie Kugelblitz erblickt. „Unsere Kinder sind schon ganz aufgeregt. Yin und Yang wollten nicht ins Bett, ehe sie den berühmten Detektiv aus Al Mania begrüßt haben, von dem wir ihnen so viel erzählt haben! Sie sind jetzt fünf und sieben Jahre alt und essen mit ihrer Nanny oben in unserer Suite.“

„Schon fünf und sieben? Da sieht man, wie schnell die Zeit vergeht“, seufzt Kugelblitz.

„Ja, lange ist es her, dass Sie uns in Paris und Jamei unschätzbare Dienste erwiesen haben!“, ergänzt der Prinz. „Das werden

wir nie vergessen. Und nun wollten wir den größten aller Detektive noch einmal um seinen hochgeschätzten Rat bitten."

„Worum geht es?", erkundigt sich Kugelblitz neugierig. „Ist wieder ein kostbares Stück aus dem Familienschatz verschwunden?"

„Nein, das nicht. Aber wir brauchen Hilfe beim Aufbau unseres Geheimdienstes. Unser wirtschaftlicher Erfolg weckt Begierde. Er hat auch ausländische Spione ins Land gebracht. Wir müssen wachsamer sein. Ich habe deswegen schon mit Kommissar Reindl im Bundeskriminalamt gesprochen und mit Pierre Simili in Paris telefoniert. Aber Ihr Rat ist mir der allerwichtigste, Q-el-Bliss Effendi!", versichert der Prinz.

„Ja, es muss etwas geschehen. Man hat vor Kurzem sogar die Handygespräche von Königin Fatima und ihrem Fitnesstrainer abgehört", berichtet Prinzessin Layla empört. Sie seufzt. „Wir lassen die Kinder nur noch mit Bodyguards an den Strand."

Jetzt wird die Vorspeise serviert. Sie ist in winzigen Häppchen wie ein Kunstwerk auf einem riesigen weißen Teller dekoriert.

„Das ist ja sehr übersichtlich", murmelt Kugelblitz.

„Sind die Portionen so klein, dass Sie Ihre Lupe brauchen?", scherzt Prinzessin Layla. „Aber es gibt sieben Gänge." Sie nippt an ihrem Rosenblütentee, denn als Muslima trinkt sie keinen Wein.

Zwischen den Gängen gibt es viel zu erzählen. Das kleine Sultanat entwickelt sich prächtig. Seitdem Kugelblitz den „Schatz von Schiwa“, eine unterirdische Wasserquelle, entdeckt hat, blüht und gedeiht auch die Landwirtschaft in dem Wüstenstaat.

„Unser Volk kann sich jetzt selbst versorgen“, berichtet Mirza stolz. Er ist ein Vetter des jungen Sultans und zugleich sein wichtigster Berater. „Meine liebe Frau hat Schulen gebaut und Lehrer ausbilden lassen. Sie ist unsere Kulturministerin!“

„Alle Kinder im Land lernen jetzt lesen und schreiben“, versichert Prinzessin Layla stolz. „Und sie erfahren viel über die Ge-

schichte Jameis und natürlich auch über andere Länder."

„Manchmal übertreibt meine Frau ein bisschen mit ihrem Bildungshunger", sagt Mirza und klopft ihr liebevoll auf die Schulter. „Unsere Kinder haben ein chinesisches Kindermädchen, einen englischen Tennistrainer, einen indischen Chauffeur und einen italienischen Klavierlehrer. Sie verstehen deren Sprachen schon fast so gut wie Jameianisch."

„Da kommen sie ja endlich!", ruft Prinzessin Layla und sieht zum Eingang des Restaurants, wo jetzt die beiden Kinder mit ihrer zierlichen chinesischen Nanny hereinspazieren.

Sie begrüßen Kugelblitz schüchtern, lächeln verlegen und sagen schließlich auf Deutsch: „Gute Nacht, Q-el-Bliss Effendi!“

Dann geben sie ihren Eltern einen Gutenachtkuss und werden von ihrem Kindermädchen wieder nach oben begleitet.

Kugelblitz lächelt und sagt: „Ich wollte, ich hätte auch so eine chinesische Nanny gehabt. Das hätte mir bei meinen Reisen in China in den letzten Jahren sicher sehr geholfen!“

Plötzlich wird ihr Gespräch unterbrochen, weil eine junge Dame auf schwindelerregend hohen Absätzen auf einen Herrn

am Nebentisch zustürzt und aufgeregt ruft: „*Mon Dieu, Pierre, chéri! On a volé les bijoux!* Der Schmuck aus dem Safe ist weg! *Toute la collection*. Alles weg!"

Der Hoteldirektor, der die Szene zufällig beobachtet hat, eilt herbei. Er wirft einen besorgten Blick auf die anderen Gäste und flüstert: „Können wir die Sache diskret behandeln, gnädige Frau? Folgen Sie mir bitte in mein Büro."

„Es war wirklich außergewöhnlicher Schmuck", erklärt Prinzessin Layla halblaut ihren Tischgenossen. „Madame Bischu kommt aus Paris. Sie arbeitet für den berühmten Juwelier Cartier. Gestern hat sie zwei amerikanischen Filmstars und mir in

ihrer Suite eine kleine Auswahl ihrer Stücke vorgeführt. Gefallen hat mir besonders das Collier ‚Jaipur', das Cindy Crawford bei den Filmfestspielen in Cannes getragen hat. Frau Hofrat Scherzl, eine bekannte Dame der Wiener Gesellschaft, hat es sich noch am gleichen Abend für den Opernball ausgeliehen. Die Brillanten sind angeblich fast eine Million Euro wert. Im Magazin *Harper's Bazaar* war ein Bericht darüber. Madame Bischu hat ihn uns ganz stolz gezeigt."

„Ein Bericht in der Presse erhöht natürlich den Preis solcher Schmuckstücke. Er macht aber auch Diebe aufmerksam", murmelt Kugelblitz. „Sind Sie Madame Bischu schon früher einmal begegnet?"

Prinzessin Layla schüttelt den Kopf. „Aber mein Mann kennt ihren Begleiter."

„Ich habe ihn einige Male auf Landwirtschaftsmessen getroffen. Er heißt Pierre Foulard. Ein junger und anscheinend erfolgreicher Unternehmer. Einmal kam er mit einem italienischen Geschäftsfreund nach Jamei. Der wollte uns allerdings neben Traktoren auch Waffen verkaufen."

Jetzt kommt der Hoteldirektor zurück und entschuldigt sich bei Prinz Mirza für die Störung durch die Aufregung am Nachbartisch.

„Madame Bischu vermisst Wertgegenstände aus ihrem Safe. Unser Hoteldetektiv kümmert sich bereits um die Angelegenheit."

„Hoteldetektiv?“, fragt Prinz Mirza und zieht belustigt die linke Augenbraue hoch. „Sie können ja nicht wissen, dass ein weltberühmter Detektiv genau neben mir sitzt. Kommissar Kugelblitz. Er hat den geraubten Dolch meines Vaters wiedergefunden, der – bei allem Respekt – sicher noch kostbarer war als Madame Bischus Juwelen.“

„Welche Ehre“, sagt der Hoteldirektor beeindruckt und macht eine hastige Verbeugung.

„Monsieur Kugelblitz hat außerdem vor einigen Jahren die spektakuläre Entführung meiner Braut aufgeklärt, als wir Gäste im Hotel Ritz in Paris waren.“

Der Hoteldirektor sieht Kugelblitz hoffnungsvoll an und sagt: „Würden Sie mir die Ehre erweisen, einen fachkundigen Blick auf den Tatort zu werfen, ehe die Polizei kommt?“

Kugelblitz zögert. Eigentlich freut er sich jetzt auf den Nachtisch.

Prinzessin Layla wirft ihm einen bittenden Blick zu.

„Na gut, einen schnellen Blick“, sagt KK. „Aber versprechen kann ich nichts.“

Fragen an alle klugen Detektive, die obendrein ein gut trainiertes Gedächtnis haben:

1. Wie heißen die Königskinder, und wie alt sind sie?
2. Was ist eine Muslima?
3. Was ist ein Sultanat?
4. Was ist eine Sultanine?
   a. eine getrocknete Weintraube
   b. die Frau eines arabischen Königs

1. Yin und Yang, fünf und sieben
2. Eine Frau, die dem muslimischen Glauben angehört
3. Ein Königreich
4. a. eine getrocknete Weintraube

Am Tatort

Als Kugelblitz mit dem Hoteldirektor in die großzügige Suite kommt, die Madame Bischu mit ihrem Begleiter Pierre Foulard in der ersten Etage bewohnt, ist der Hoteldetektiv schon in Aktion.

Er heißt Manfred Moser und sieht wie eine lange, dürre Sherlock-Holmes-Imitation aus.

Gerade untersucht er eifrig mit einer Lupe den Rahmen der geschlossenen Terrassentür und murmelt: „Keine Spur! Der Täter trug offenbar Handschuhe.“ Er wirft einen etwas ungehaltenen Blick auf die Neuankömmlinge.

„Nichts anfassen!“, befiehlt er wichtig. „Die Polizei ist verständigt!“

Kugelblitz stellt sich als Kollege vor und sieht ihm schweigend bei seinen Ermittlungen zu.

„Was haben Sie sonst herausgefunden, Herr Moser?“, erkundigt sich der Hoteldirektor.

„Die Diebe kamen über den Balkon in den Salon“, antwortet Moser. „Auf der Terrasse liegen noch die Scherben und der Ziegelstein, mit dem sie die Scheibe eingeschlagen haben, um von außen den Griff der Tür zu öffnen.“

„Der Safe ist aufgeschlossen, nicht aufgebrochen“, stellt Kugelblitz fest. „Die Täter hatten also einen passenden Schlüssel.“

„Da wär ich auch noch draufgekommen“, bemerkt Moser gekränkt.

„Wie ist das möglich? Ich hatte den Safe-Schlüssel immer in meiner Handtasche!“, versichert Madame Bischu. „Die lass ich nie aus den Augen.“

Sie öffnet die Tasche und zeigt ihn.

„Es gibt sicher einen Zweitschlüssel?“, fragt KK den Hoteldirektor.

„Der liegt in unserem Tresor. Und der ist so sicher wie die Bank von England!“, versichert der Hotelchef.

„Wann haben Sie den Diebstahl bemerkt?“, erkundigt sich KK.

„Eben erst! Wir gingen zum Abendessen. In der Eingangshalle fiel mein Blick in

den Spiegel. Da sah ich, dass ich meinen Schmuck vergessen hatte. Und ohne Schmuck fühle ich mich nackt.“ Madame Bischu macht einen verlegenen Augenaufschlag. „Da lief ich allein noch mal nach oben und entdeckte, dass der Safe im Schlafzimmer leer war.“

„Und Sie sahen die zerbrochene Scheibe im Salon“, ergänzt der Hoteldetektiv.

„Nein. Denn ich war nicht im Salon. Der Safe ist im Schlafzimmerschrank, und das Schlafzimmer liegt rechts. Der Salon ist links vom Eingangsbereich“, korrigiert ihn die Bestohlene.

„Auch nach unserem Einkaufsbummel am Nachmittag waren wir nicht im Salon“,

mischt sich jetzt Foulard ins Gespräch. „Wir waren so müde, dass wir uns gleich auf die Betten gelegt haben. Als wir aufwachten, war schon Abendessenszeit. Ich vermute, dass die Diebe eingebrochen sind, während wir in der Stadt waren. Also zwischen 14 Uhr und 17 Uhr."

„Als Sie zum Einkaufen gingen, war die Scheibe noch heil?", forscht Kugelblitz.

„Ja. Da hab ich die Tür persönlich zugemacht, nachdem ich eine Zigarette auf dem Balkon geraucht hatte", versichert Foulard.

„Wann genau kamen Sie von Ihrem Stadtbummel zurück?", erkundigt sich Kugelblitz.

„Als es zu regnen anfing, so gegen 17 Uhr“, überlegt Madame Bischu. „Danach hab ich geschlafen wie ein Bär.“

„Aber ich war wach und hätte es bestimmt gehört, wenn einer die Scheibe eingeschlagen hätte“, versichert Foulard. „Nein, nein, der Diebstahl muss passiert sein, während wir in der Stadt waren. Dumm, dass wir es nicht gleich nach unserer Rückkehr bemerkt haben.“

„Die Diebe müssen über das Regenrohr auf die Balkonterrasse geklettert sein“, kombiniert der Hoteldetektiv.

„Sie hatten die Handtasche mit dem Safe-Schlüssel bei sich, als Sie in der Stadt waren?“, erkundigt sich KK nachdenklich.

Madame Bischu nickt und wischt sich ein paar Tränen aus den Augenwinkeln. „*Meinen* Schlüssel konnte der Dieb nicht benutzen!“

„Vielleicht hat jemand, der das Zimmer vorher bewohnte, eine Kopie von dem Safe-Schlüssel machen lassen?“, schlägt Foulard vor.

„Dann wäre es ihm leichtgefallen, auch den Zimmerschlüssel zu kopieren, und er hätte nicht die Scheiben einschlagen müssen“, brummt Kugelblitz und schüttelt den Kopf.

Und dann versucht er Madame Bischu zu trösten, die jetzt in einem Sessel sitzt und bitterlich weint. Sie ist total verzweifelt.

„Mein Chef wird mich feuern!", sagt sie. „Er hat mir die Kollektion für die große internationale Ausstellung bei Juwelier Chopard in der nächsten Woche anvertraut. Ich bin ein paar Tage früher hierhergekommen, denn es sind viele Damen aus der feinen Gesellschaft beim Opernball in Wien. Wir verleihen dann Schmuck an Stars und Prominente. Viele kaufen den Schmuck anschließend auch. Ich sollte die Kollektion über Nacht in ein Bankschließfach legen. Aber dann wollte ich sie gestern Abend doch drei interessierten Damen zeigen. Mein Freund dachte, nein, wir beide dachten, in einem Fünf-Sterne-Hotel wie diesem sei der Safe sicher!"

„Zum Glück sind die Juwelen ja versichert“, beruhigt sie ihr Lebensgefährte.

„Es geht nicht nur um Geld. Die Stücke sind unersetzlich!“, schluchzt Madame Bischu. „Und meinen Job bei Cartier bin ich los.“

Jetzt betreten zwei Polizeibeamte den Raum. Hoteldetektiv Moser gibt einen ausführlichen Lagebericht.

„Vermutlich ist einer der Einbrecher am Regenrohr hochgeklettert. Mit Handschuhen! Nirgends Fingerabdrücke“, berichtet er.

„Genau! Da unten sieht man ja Fußspuren im Beet“, ergänzt Pierre Foulard und deutet aus dem Fenster des Salons auf

die feuchte Erde unterhalb der Terrasse.

Einer der beiden Polizisten öffnet die Terrassentür. Er schaut über die Säulen der Brüstung in den Hotelgarten hinunter.

Da sind tatsächlich deutliche Spuren von einem Paar Männerschuhen in der regenfeuchten Erde zu sehen. Sie führen zum Regenrohr neben der Balkonterrasse in der ersten Etage und auch wieder weg!

„Das bestätigt, dass einer der Täter über die Terrasse kam und dann in die Büsche geflohen ist“, sagt Moser triumphierend.

Kugelblitz bückt sich und befühlt mit der Hand den glatten Marmorboden der Terrasse. Dann schüttelt er den Kopf, denn er hat einen Verdacht.

„Kann ich bitte auch das Zimmermädchen sprechen?“, fragt er daraufhin den Hotelchef.

„Zimmermädchen und Etagenkellner warten schon vor der Tür“, antwortet der Hoteldirektor. „Die Herren von der Polizei haben mich, gleich als sie kamen, gebeten, die beiden zu holen.“

„Haben Sie heute Morgen die Terrasse gefegt?“, erkundigt sich KK beim Zimmermädchen.

„Selbstverständlich“, antwortet die Frau, eine junge Marokkanerin. „Aber heute Nachmittag konnte ich das Zimmer nicht aufräumen, weil das Schild ‚Bitte nicht stören‘ an der Tür hing!“

und presst den rechten Zeigefinger an den Nasenflügel, wie immer, wenn er scharf nachdenkt.

Die Kollegen von der Polizei lassen sich die Namen der Damen geben, die sich am Vortag für den Schmuck interessiert haben.

„Frau Hofrat Scherzl hat sich das wertvollste Collier für den Opernball ausgeliehen. Sie wird es zu einem fliederfarbenen Kleid des Prominentenschneiders La Hong tragen. Ich hab es ihr bereits vorgestern für das Pressefoto geliehen, das bei der letzten Anprobe gemacht wurde“, erinnert sich Madame Bischu. „Dieses Collier wurde als Einziges nicht gestohlen.“

„Glück im Unglück“, seufzt Pierre Foulard. „Vielleicht bieten die Diebe die Juwelen ja der Versicherung zum Rückkauf an, wie bei dem spektakulären Juwelenraub in Amsterdam im vergangenen Jahr.“

Und dann bückt er sich und hebt eine weiße Karte auf, die in der allgemeinen Aufregung noch keiner bemerkt hat. Er wirft einen Blick darauf und gibt sie dann mit wichtiger Miene einem der Polizeibeamten. „Ist das nicht die Visitenkarte von Tigertatze? Ich hab den Bericht über seine frechen

Juwelendiebstähle in Cannes und Amsterdam in der Zeitung gelesen. Das ist eine heiße Spur. Oder nicht?“

„Gut möglich, dass er es wieder war“, murmelt einer der beiden Beamten. „Wir werden auch in diese Richtung ermitteln.“

„Darf ich mal sehen?“, bittet Kugelblitz und wirft einen Blick auf den Pfotenabdruck. „Im Fall Tigertatze kenne ich mich zufällig ein bisschen aus.“ Er gibt sich bei den Polizeibeamten als Kollege zu erkennen. „Wir ermitteln in Hamburg auch gegen ihn. Aber hier handelt es sich zweifellos um einen Nachahmungstäter. Das ist nicht der Original-Tatzenabdruck, den Tigertatze verwendet. Aber ich denke, ich weiß, dass die Tat nach 17 Uhr verübt wurde und wer der Täter ist. Er befindet sich hier im Zimmer!“

Und nun fünf Fragen an alle Detektive, die sich vom glitzernden Luxus in einem Fünf-Sterne-Hotel nicht blenden lassen:

1. Warum weiß KK, dass es nicht die Original-Karte von Tigertatze ist?
2. Weshalb ist KK sicher, dass die Tat nach 17 Uhr verübt wurde?
3. Wen hält Kugelblitz für den Täter?
4. Was ist sein Motiv?
5. Weshalb weiß KK, dass der Täter nicht von draußen kam?

1. Ein Zehenabdruck zu viel
2. Sonst hätte der Regen die Spuren in der Erde verwischt.
3. Pierre Foulard
4. Versicherungsbetrug
5. Der Täter kam aus der Suite. Die Glasscheibe wurde von innen eingeschlagen, denn die Scherben liegen draußen. Die Terrassentür war nach der Tat geschlossen, das geht nur von innen. KK tastet den Terrassenboden ab. Dort müssten Erdspuren von Täterschuhen sein, wenn der Dieb wirklich aus dem regenfeuchten Garten gekommen wäre.

Klug kombiniert, Herr Kommissar!

„Das haben Sie wieder großartig gemacht, Q-el-Bliss Effendi!“, sagt Prinz Mirza stolz, als sie eine Stunde später endlich wieder gemeinsam am Tisch sitzen und den köstlichen Nachtisch verspeisen.

„Es war nicht sonderlich schwer“, brummt Kugelblitz und genießt den Eisbecher „Wiener Blut“ mit heißer Himbeersoße.

Jetzt kommt der Hoteldirektor an den Tisch. Er lässt eine Flasche *Mouton Rothschild* servieren, die mit über 400 Euro auf der Weinkarte steht.

„Die geht aufs Haus. Und vielen Dank für Ihre Hilfe!“, sagt er zu Kugelblitz. Es klingt erleichtert.

„Hab ich's Ihnen nicht gesagt?", bemerkt Prinz Mirza triumphierend. „Er ist der beste Detektiv der Welt!"

„Wie kamen Sie auf den Täter?", erkundigt sich der Hoteldirektor gespannt.

„Der Mann machte sich verdächtig, weil er allzu offensichtlich auf die Spuren hinwies. Sogar den Täter schlug er vor: Tigertatze. Die ‚Visitenkarte', die er als falsche Spur fabrizierte, hatte allerdings einen kleinen Fehler: einen Zeh zu viel!" Kugelblitz schmunzelt. „Er konnte ja nicht ahnen, dass ich die echte Visitenkarte von Tigertatze von einem Einbruch bei einem Hamburger Juwelier nur allzu gut kenne!"

„Herr Foulard schien sich – im Gegensatz

zu Madame Bischu – über den Verlust der Juwelen auch gar nicht sonderlich aufzuregen“, erinnert sich der Hoteldirektor.

„Genau. Bereits als er am Anfang die Versicherung erwähnte, klingelte bei mir die Alarmglocke“, stimmt ihm Kugelblitz zu.

„Und die Spuren in der Gartenerde und die eingeschlagene Fensterscheibe? Das hat er alles selbst gemacht?“, fragt der Hoteldirektor.

„Richtig. Die Scheibe war vom Zimmer aus eingeschlagen worden. Die Scherben lagen ja draußen auf der Terrasse. Und die Fußspuren entstanden nach dem Regenschauer. Deshalb waren sie noch deutlich zu sehen. Die Tat geschah also nach 17 Uhr und nicht vorher, wie uns Herr Foulard weismachen wollte. Ich habe den Marmorboden der Terrasse abgetastet und dort kein bisschen Erde gefunden. Also war der Dieb nicht übers Regenrohr aus dem Garten heraufgeklettert, wie es Herr Moser vermutet hat."

„Der Dieb hat das Zimmer also gar nicht verlassen?", staunt der Hoteldirektor.

„Doch, einmal kurz, um unten die Fußspuren im Beet zu legen", kombiniert Kugelblitz. „Die Kollegen vom Bundeskriminalamt fanden in seinem Schrank ein Paar Schuhe mit feuchter Erde. Vorher hat er vermutlich schnell die Beute versteckt, die wir bisher noch nicht gefunden haben."

„Das ist ein Problem. Denn er gesteht nicht, obwohl die Beweislast erdrückend ist“, seufzt der Hoteldirektor. „Glauben Sie, dass er den Schmuck vergraben hat?“

„Nein. Das wäre zu auffällig gewesen. Er hätte mit einem Spaten durch die Gegend laufen müssen. Das hätte sicher jemand bemerkt. Außerdem musste er ja zurück sein, ehe Madame Bischu aufwachte“, überlegt Kugelblitz. „Ich bin sicher, er hat die Beute irgendwo hier im Hotel versteckt. Oder er hat einen Komplizen, dem er sie übergeben hat. Dann haben wir schlechte Karten.“

„Haben Sie eine Idee, wie wir das Versteck der Beute finden könnten?“, erkundigt sich der Hoteldirektor besorgt.

„Nun“, überlegt Kugelblitz, „ich würde den Weg vom Garten zum Zimmer einmal abgehen und überlegen, wo *ich* die Beute verstecken würde.“

„Gute Idee! Kommen Sie!“, sagt der Hoteldirektor, und dann wendet er sich an Prinz Mirza: „Darf ich Ihren Gast einen Augenblick entführen?“

„Wenn Sie ihn gleich wiederbringen“, antwortet Mirza. „Wir würden gern noch den kostbaren Wein zusammen trinken.“

„Ich denke, Sie trinken keinen Wein?“, wundert sich der Hoteldirektor.

„In besonderen Ausnahmefällen schon“, sagt Mirza und lacht. „Und das ist zweifellos ein besonderer Fall.“

Als Kugelblitz mit dem Hoteldirektor in Richtung Hotelgarten geht, begegnen sie in der Eingangshalle einem der Polizeibeamten.

„Wir kommen einfach nicht weiter. Der Bursche schweigt wie ein Fisch“, beklagt er sich.

Kugelblitz, der sich in Gedanken in die Rolle des Diebes versetzt, hat plötzlich eine Idee und fragt: „Kommt man mit diesem Aufzug direkt bis hinauf in den Wellness-Bereich?“

„So ist es“, bestätigt der Hoteldirektor.

„Gibt es dort abschließbare Spinde?“

„Natürlich. Für die Sicherheit unserer Gäste tun wir alles“, versichert der Direktor.

Dann wendet sich Kugelblitz an den Polizeibeamten: „Fragen Sie bitte Madame Bischu, welchen Anzug Pierre Foulard heute Nachmittag getragen hat, und durchsuchen Sie die Jacken- und Hosentaschen."

Der Tipp von Kugelblitz führt dazu, dass die Beute des Juwelendiebes gefunden wird. Und zwar so schnell, dass Kugelblitz noch vor Mitternacht dazu kommt, mit Prinz Mirza und seiner Frau den glänzenden Erfolg gebührend zu feiern.

Und nun die Frage an alle Detektive, die genau wie Kugelblitz dem Täter auf der Spur sind:

Wonach lässt Kugelblitz die Ermittler suchen?

Nach einem Spindschlüssel. Die Beute befindet sich tatsächlich in einem Umkleideschrank im Wellness-Bereich, zu dem dieser Schlüssel passt.

Gaunerkomplott und Pflaumenkompott

Zwei Männer, die sich durch nichts unterscheiden als durch die Farbe ihrer Polohemden, sitzen im ersten Stock des Café Meinl bei einer Tasse Melange. Sie sehen auf den „Graben“ hinunter, die beliebte Einkaufsstraße im Zentrum Wiens, die ihren Namen dem Graben der mittelalterlichen Stadtbefestigung verdankt. Es ist Freitagnachmittag gegen 16 Uhr. Viele Leute haben schon Feierabend und nützen die Zeit für einen Einkaufsbummel.

Die beiden etwa 30 Jahre alten Männer, die im Kaffeehaus sitzen, nennen sich Jim und Jack. Sie stammen aus Wuppertal und haben lange in Chicago gelebt. Berufs-

bedingt sind sie in der ganzen Welt unterwegs. Meist bleiben sie nicht länger als ein paar Tage. Dann wird ihnen der Boden unter den Füßen zu heiß. Wie nach ihrem Millionen-Coup in Cannes vor ein paar Tagen. Oder vor zwei Wochen in Hamburg, wo sie bei einem Juwelier am Jungfernstieg kostbare Uhren im Wert von einer halben Million Euro erbeuteten.

Die richtigen Namen der Männer kennt keiner. Sie nennen sich Jim Beam und Jack Daniels. Namen, die sie sich auf den Flaschenetiketten einer New Yorker Bar abgeguckt haben, als sie ihren ersten Coup planten. Sie sind aus Sicherheitsgründen auf getrennten Wegen angereist.

Jack kam mit der Bahn aus Hamburg, Jim mit dem Flugzeug aus Amsterdam. Dort hat er Leo Leep, einen pfiffigen Hehler, besucht, der für die Juwelen aus Cannes bereits eine Million Euro Anzahlung geleistet hat.

Jetzt sind sie aus zwei Gründen zu einem Kurzbesuch nach Wien gekommen: Einmal ist da die kleine exquisite Juwelenausstellung in den Räumen des Juweliers Chopard in der nächsten Woche, zu der – wie man in Fachzeitschriften und in der Modezeitung *Harper's Bazaar* lesen konnte – hochkarätige Ware erwartet wird. Das Chopard-Geschäft ist ganz in der Nähe am Kohlmarkt 16, nur 160 Meter

von ihrem Aussichtsplatz entfernt. Sie haben den Weg eben mit Schritten ausgemessen und den geplanten Tatort genauestens ausspioniert.

Jack will den Juwelenraub am Tag vor der Eröffnung der Ausstellung durch den Hintereingang ausführen. Jim wird wieder für das Alibi sorgen. „Ich hab für Montag um 11 Uhr eine Einzelführung in der Spanischen Hofreitschule gebucht“, erzählt er lachend. „Die Führerin wird bestätigen, dass sie mir zwei Stunden nicht von der Seite gewichen ist.“

„Hervorragend“, brummt Jack zufrieden. Er arbeitet gern unauffällig und ohne Maske. Da er stets ein perfektes Alibi hat, braucht er die Überwachungskameras am Tatort nicht zu fürchten.

Der zweite Grund ihres Besuches in Wien ist der Opernball, auf dem viele kostbare Schmuckstücke von reichen Damen der Gesellschaft „zum Greifen nah“ zur Schau gestellt werden. Da juckt es einen professionellen Langfinger verständlicherweise unwiderstehlich in den Fingerspitzen.

„Hast du die Karten für den Ball bekommen?“, fragt Jack.

„Ja, aber sündhaft teuer. Wie besprochen: ein Logenplatz und ein Tischplatz im Parkett. Schwarzmarktpreise! Ich hab sie bei der ‚Gräfin vom Naschmarkt‘ gekauft.“ Er lacht. „Das ist keine echte Gräfin! So heißt

die Kneipe neben dem Markt, in der sich früh morgens oder spät abends allerlei interessante Leute treffen. Dort bekommt man alles. Im Zweifel auch gestreifte Bananen oder karierte Schneeglöckchen."

„Die nützen uns morgen Abend wenig", brummt Jack. „Ich hab eine interessante Info: Lies mal die Klatschspalte." Er breitet die Kronen-Zeitung vom Vortag aus.

Jim setzt seine Halbbrille auf die Nase. Seine Lippen bewegen sich stumm mit, während er liest:

„Frau Hofrat Scherzl wird ein fliederfarbenes Seidenkleid von Lagerfeld und das wundervolle Brillanten-Collier ‚Jaipur' von Cartier tragen. Es ist fast eine Million

Euro wert und wird mit den Kristalllüstern in der Loge im ersten Rang um die Wette funkeln ...“

„Aber nicht lange“, grinst Jack. „Ich hab nämlich einen Plan. Im Dunkeln ist gut munkeln. Sobald die Beleuchtung im Zuschauerraum zum Einmarsch der Debütantinnen gedimmt wird und alle Augen sich auf die eleganten jungen Paare richten ...“

„... schlagen wir zu“, ergänzt Jim.

„Nicht schlagen. Nur ein kleines Duftkissen auf das Näschen der Hofrätin. Dann klaue ich die Klunker aus der fliederfarbenen Auslage“, verbessert ihn Jack mit sanfter Stimme. „Donau so blau, blau, blau ...“ Leise summt er die Melodie des

traditionellen Eröffnungswalzers beim Opernball vor sich hin.

„Diesmal ist es besonders wichtig, dass uns keiner zusammen sieht. Du arbeitest oben in der Loge, und ich arbeite unten im Parkett an deinem Alibi, für alle Fälle“, murmelt Jim. „Wie im letzten Jahr!“

Jack nickt zustimmend. „Ich bekam übrigens einen Schock, als gestern in den Spätnachrichten gemeldet wurde, dass angeblich Tigertatze die Kollektion Cartier-Juwelen stehlen wollte, auf die wir scharf sind. In einem Hotel! Ich dachte schon, du hättest einen Alleingang versucht!“

„Ich doch nicht“, protestiert Jim. „Außerdem hast du sicher auch im Polizeibericht

heute Morgen gehört, dass man den Mistkerl gefasst hat. Er ist ein ‚Nachahmungstäter', der unseren ‚Pfotenabdruck' hinterlassen hat."

„Frechheit. Gut, dass er erwischt wurde", freut sich Jack.

„Das Gute ist, dass wir jetzt auf dem Opernball nicht aufs Geratewohl auf Juwelenjagd gehen müssen, wie im letzten Jahr. Wir werden uns das kostbare Collier ‚Jaipur' der Hofrätin schnappen, von dem die Zeitung so verlockend berichtet", sagt Jim leise, aber zu allem entschlossen. „Das genügt uns doch als Tageseinnahme." Und dann fügt er grinsend hinzu: „Und als Urlaubsgeld!"

„Ich komm an ein Dekolleté leichter ran als an einen Tresor“, grinst Jack. Er lehnt sich zufrieden zurück und sagt: „Diesen einen Coup noch. Dann machen wir erst einmal Urlaub auf Hawaii.“

„Unser Konto ist schon dort“, sagt Jim. „Und die Überweisung von Leo Leep für die Klunker aus Cannes sicher auch ...“

Jetzt kommt die Bedienung an ihren Tisch und fragt freundlich: „Haben die Herren noch einen Wunsch?“

„Erraten! Ich hab inzwischen richtig Appetit bekommen“, brummt Jack. „Ich möchte den berühmten österreichischen Kaiserschmarrn probieren. Krieg ich den bei Ihnen?“

„Aber selbstverständlich“, versichert die Bedienung.

„Mit Pflaumenkompott bitte“, sagt Jack.

„Sie meinen mit Zwetschkenröster? So heißt das bei uns ...“, sagt die Bedienung und notiert die Bestellung.

„Palatschinken – ist das roher oder gekochter Schinken?“, erkundigt sich Jim.

Die Bedienung lacht fröhlich. „Weder noch. Palatschinken sind Pfannkuchen!“

„Ach so. Dann nehme ich einen Quarkstrudel mit Sahne“, überlegt Jim.

„Also einen Topfenstrudel mit Schlagobers“, übersetzt die Bedienung.

„Wir haben unser Deutsch in Berlin gelernt“, entschuldigt sich Jack.

„Kein Problem! Ich habe Deutsch in Budapest gelernt“, sagt die Bedienung. „Aber die österreichische Speisekarte muss man kennen, wenn man hier lebt.“

Während Jack und Jim auf das Essen warten, schmieden sie ihre Pläne weiter.

„Hast du meinen Frack?“, fragt Jack.

„Hab ich“, nickt Jim. „Bei mir im Hotel.“

Es gehört zu der Masche der beiden Trickdiebe, dass sie auf „Geschäftsreisen“ immer in getrennten Hotels absteigen. Da die Zwillinge sich zum Verwechseln ähnlich sehen, hält sich immer einer an einem Ort auf, wo er von vielen gesehen wird, wenn der andere eine kriminelle Tat begeht.
Das ist auch diesmal ihr Plan. Einfach, aber

wirkungsvoll. So hat der Täter, wenn er erwischt wird, scheinbar ein Alibi und kann nicht überführt werden.

Fragen an alle Speisekarten-Detektive, die Wiener Schnitzel und Wiener Apfelstrudel längst kennen:

1. Was sind Palatschinken und Schlagobers?
2. Was ist ein Hehler?

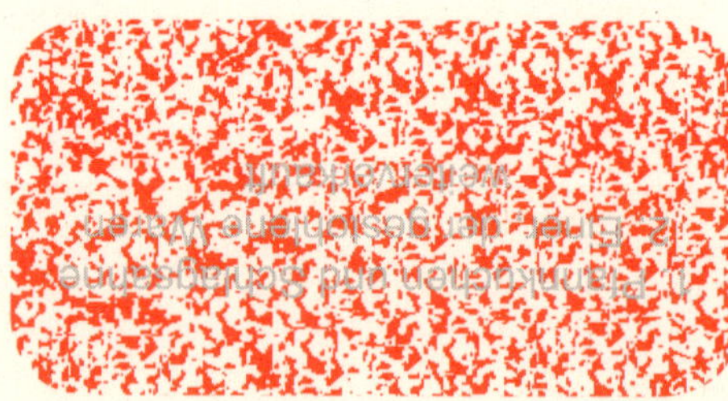

Ein Ball und ein Fall

Blitzlichter flammen auf, als Alex von Borsody im Wiener Rathaussaal vom Minister den Staatspreis für Kriminalliteratur überreicht bekommt. Alex hält die Dankesrede, nicht ohne zum Schluss stolz auf seinen Freund und Lehrmeister Kommissar Kugelblitz zu verweisen, bei dem er entscheidende Details und Tricks des kriminalistischen Handwerks gelernt hat.

„Gestern erst hat er wieder im Handumdrehen einen Fall gelöst“, sagt von Borsody. „Und ich rate allen Wiener Gaunern, sich warm anzuziehen, solange er in der Stadt ist!“

Kugelblitz, der immer lieber im Hintergrund bleibt, ist diese öffentliche Aufmerksamkeit gar nicht recht. So drückt er sich vor dem anschließenden Empfang und geht ins Hotel zurück, um sich vor dem großen Ball noch etwas auszuruhen.

Er beschließt, den Fall Tigertatze für eine Weile zu verdrängen und sich einem anderen Problem zuzuwenden: „Wie überlebe ich einen Abend im Frack?“

Das Kleidungsstück wurde vom Kostümverleiher Bobby von Reybach pünktlich

geliefert und hängt nun schwarz und drohend am Garderobehaken.

Kugelblitz legt sich aufs Bett, kann aber nicht schlafen. Er schlüpft in die Badehose und dreht ein paar Runden im Hotelschwimmbad. Anschließend liest er das Schlusskapitel in von Borsodys Krimi, den er wirklich erstaunlich gut findet. Dann klingelt das Telefon. Es ist Alex, der verkündet, dass er KK in einer halben Stunde abholen möchte. Kugelblitz lobt seinen Krimi, worüber sich von Borsody, wie jeder Schriftsteller, freut wie ein Schneekönig.

Jetzt muss KK sich beeilen. Fluchend schlüpft er in das unbequeme Kleidungs-

stück. Die gelbgetupfte Fliege bindet er zum Schluss. Er fahndet noch nach der Brieftasche und seiner goldenen Taschenuhr. Dann geht er in die Eingangshalle, wo ihn von Borsody – ebenfalls im Frack – schon erwartet.

„Willkommen im Club der Pinguine“, seufzt Kugelblitz.

„Ich hab eine Überraschung“, sagt Borsody und lacht. „Wir fahren mit dem Fiaker zur Oper. Es war der Wunsch meiner Frau Marisa. Die hat öfter so verrückte Einfälle. Sie wartet draußen in der Kutsche auf uns.“

„Küss die Hand, gnädige Frau“, sagt Kugelblitz, als er Marisa von Borsody in der Kutsche standesgemäß begrüßt. Die

Gräfin ist jung, erfreulich natürlich und humorvoll. Die ungewöhnliche getupfte Fliege von Kugelblitz bemerkt sie sofort und findet sie besonders charmant. Es wird eine kurzweilige Kutschenfahrt über den Ring bis zur Oper.

Vor der Staatsoper stehen die Neugierigen schon Spalier. Sie fotografieren mit Handys und Kameras alles, was an Prominenz über den roten Teppich läuft.

Eingerahmt von ihrem Mann und Kugelblitz schreitet Marisa von Borsody die Treppe hinauf. Sie genießt die Aufmerksamkeit, die sie und ihr schickes Kleid von Valentino in der Öffentlichkeit finden. Sie war, wie

andere Damen der Wiener Gesellschaft, bereits damit in der Zeitung abgebildet.

Bei dem Ball-Fotografen, der oben an der Treppe steht und von jedem, der ankommt, ein Foto macht, bleiben alle einen Augenblick stehen und schenken seiner Kameralinse ein Lächeln.

„Wir haben eine Loge im ersten Rang“, sagt von Borsody bei der Kartenkontrolle.

Eine Hostess zeigt ihnen den Weg.

Kugelblitz freut sich, als er Prinz Mirza und Prinzessin Layla entdeckt, die mit ihnen die Loge teilen.

Layla begrüßt Frau Hofrat Scherzl, deren Brillant-Collier aus der rechten Nachbarloge herüberfunkelt.

„Keiner weiß, dass es nur geliehen ist“, sagt sie hinter vorgehaltener Hand zu Kugelblitz.

Auch bei den anderen Damen gibt es an Hals, Ohren und Handgelenken Wertvolles zu bestaunen. Wann sollte man auch teuren Schmuck tragen, wenn nicht beim Opernball?

Einen Augenblick schießt Kugelblitz der Gedanke an Tigertatze durch den Kopf. Das wäre ein lohnendes Jagdgebiet für die Raubkatze! Er beschließt, die Augen offenzuhalten.

Eine Fanfare erklingt. Der Bundespräsident nimmt in der Mittelloge Platz. Gleich nach

der Begrüßungsrede durch den Operndirektor ist die Eröffnungszeremonie. Die „Debütanten“, 180 auserwählte junge Damen der Wiener Gesellschaft in schneeweißen Ballkleidern, warten mit ihren Partnern am Rande der Tanzfläche auf ihren großen Auftritt.

In den Zuschauerrängen wird es dunkel. Das Licht und die ungeteilte Aufmerksamkeit des Publikums gilt jetzt dem Geschehen auf der Tanzfläche. Keiner beachtet den verspäteten Gast, der oben im ersten Rang in den dunklen Vorraum von Scherzls Loge huscht. Er versteckt sich hinter dem roten Samtvorhang, der die Logensitze vom Logenvorraum abschirmt.

Alle schauen gebannt auf die hübschen jungen Damen auf dem Parkett, die in ihren weißen Kleidern und Krönchen wie Prinzessinnen aussehen.

Als die ersten Takte des Eröffnungswalzers erklingen, schnellt in einer Loge im ersten Rang eine Hand durch den Vorhangspalt nach vorn und presst sich auf den Mund der Frau Scherzl. So fest, dass die in Ohnmacht fällt, ehe sie einen Laut von sich geben kann.

„Was ist los, Helene?“, ruft der Hofrat erschrocken, als das Licht nach dem Eröffnungswalzer wieder angeht und er seine Gattin leblos in den Samtpolstern des Nebensessels vorfindet.

Er schüttelt sie. Aber sie rührt sich nicht. Ihr Arm mit der Brillantuhr hängt schlaff herunter.

„Einen Arzt! Schnell!“, ruft Scherzl halblaut.

Jetzt wird man in der rechten Nebenloge auf den Vorfall aufmerksam.

„Ich bin Arzt“, sagt ein junger Mann. „Ich komme sofort hinüber.“

Hofrat Scherzl ist erleichtert, dass so schnell Hilfe zur Stelle ist.

Der junge Mann betritt die Loge, ergreift Helenes Handgelenk und fühlt den Puls mit dem Daumen seiner linken Hand.

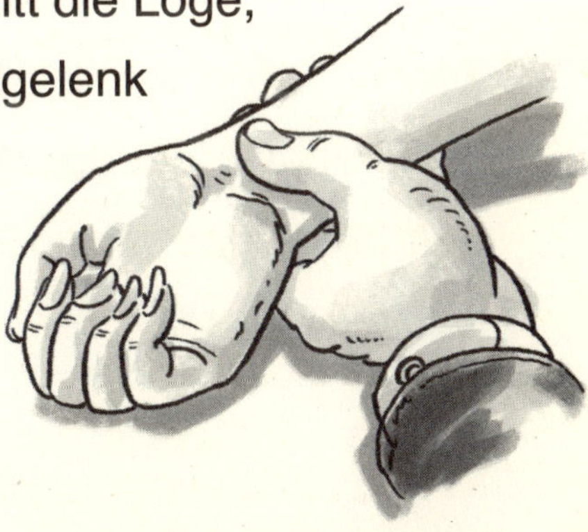

„Der Puls ist normal. Sie wird gleich wieder zu sich kommen. Ein kleiner Ohnmachtsanfall! Keine Sorge!“, sagt der angebliche Arzt und legt den Arm beruhigend auf Scherzls Schulter. „Trotzdem verständige ich lieber schnell die Sanitäter, okay?“

Er verschwindet durch die Tür.

Aber auf seine Rückkehr wartet Scherzl vergeblich. Zu seiner Freude schlägt allerdings Helene wieder die Augen auf und sagt: „Wo bin ich?“

„Auf dem Opernball und zum Glück wieder aufgewacht, Spatzerl“, sagt Hofrat Scherzl und legt den Arm um seine Frau.

Unten auf dem Parkett beginnt jetzt das Ballvergnügen.

„Nun hab ich Mathilde gar nicht tanzen sehen!“, sagt Frau Scherzl traurig.

Sie war so stolz darauf, dass ihr Patenkind diesmal unter den Debütantinnen war!

„Wie spät ist es?“ Entsetzt starrt sie auf ihr Handgelenk. „Meine Uhr! Mein Weihnachtsgeschenk! Sie ist weg!“

Ihr Mann starrt ebenso entsetzt auf den Ausschnitt ihres Abendkleides und ruft: „Und das Collier fehlt auch!“

Das sagt er so laut, dass es Prinzessin Layla in der linken Nebenloge hört. Sie flüstert ihrem Mann etwas ins Ohr.

Der wendet sich an Kugelblitz, der hinter ihnen sitzt, und sagt: „Ich glaube, nebenan bei Scherzls gibt es ein Problem, Effendi ...“

Als Kugelblitz mit von Borsody die Loge der Scherzls betritt, sagt ihm seine Spürnase sofort, dass da etwas nicht in Ordnung ist.

Ein leichter Geruch von Chloroform liegt in der Luft.

„Die Juwelen meiner Frau wurden gestohlen. Es muss dieser Arzt gewesen sein!“, ruft Scherzl empört und erzählt, was passiert ist.

„Welcher Arzt?“, fragt von Borsody.

„Na, dieser Arzt, der aus der Loge nebenan herüberkam, als die Dame ohnmächtig wurde“, sagt Rechtsanwalt Timm, der mit seiner Frau auf den beiden vorderen Plätzen der Loge sitzt.

„Ihre Frau wurde vermutlich mit Chloroform betäubt“, murmelt Kugelblitz und hebt mit spitzen Fingern ein feuchtes weißes Mulltuch auf, das neben Helenes kleiner Abendtasche auf dem Boden liegt. Unter ihrem Stuhl entdeckt er ein weißes Kärtchen mit dem Abdruck einer Tigerpfote.

„Diesmal war es die echte Tigertatze!“, sagt Kugelblitz leise zu von Borsody. Und

er ärgert sich, dass er in der Nachbarloge saß und den Burschen nicht geschnappt hat.

„Aber dieser angebliche Arzt kam doch erst, nachdem Helene ohnmächtig geworden war“, erinnert sich Scherzl. „Er kann sie gar nicht betäubt haben.“

„Aber er hat den Puls Ihrer Frau gefühlt“, mischt sich der Rechtsanwalt ein. „Dabei hat er vermutlich den Verschluss der Armbanduhr gelöst. Und überhaupt ...“ Er schlägt sich mit der rechten Hand verärgert auf die hohe Stirn. „Es hätte mir gleich auffallen müssen, dass da etwas faul ist. Er hat beim Pulsmessen einen Fehler gemacht!“

Er erzählt, was ihm nachträglich eingefallen ist. „Schließlich hab ich gerade einen Erste-Hilfe-Kurs bei den Maltesern gemacht. Da lernt man so was“, sagt er stolz.

„Wir müssen sofort nach dem Mann suchen!“, brummt Kugelblitz. „Denken Sie, dass Sie ihn auf einem Foto identifizieren können?“

„Ich nicht“, zögert der Anwalt. „Aber meine Frau Jutta ist Malerin. Sie hat ein fabelhaftes Personengedächtnis.“

„Dann kommen Sie bitte mit. Ich weiß, wo wir ein Foto des Verdächtigen finden können“, bittet Kugelblitz die Zeugin mit dem guten Personengedächtnis.

Und nun zwei Fragen an alle blitzgescheiten Ermittler, die hoffentlich ebenfalls ein gutes Gedächtnis haben:

1. Wo sucht Kugelblitz nach einem Foto des Verdächtigen?
2. Welchen Fehler macht der falsche Arzt beim Pulsmessen? Tipp: Sieh dir das Bild auf Seite 103 an.

1. Am Eingang hat ein Fotograf von allen ankommenden Gästen ein Foto gemacht. Da müsste ein Bild des Juwelendiebes dabei sein.
2. Beim Pulsmessen darf nicht der Daumen auf der Innenseite des Handgelenkes sein, sondern die drei Mittelfinger, da man sonst seinen eigenen Puls spürt.

Ein Sonntag in Wien

Am Tag nach dem aufregenden Opernball schläft Kugelblitz länger als sonst. Erst als die Sonne ins Hotelfenster scheint, wacht er auf. Er sieht auf seine goldene Taschenuhr, die auf dem Nachttisch liegt, und denkt: Die wurde zum Glück nicht die Beute von Tigertatze!

Beim Zähneputzen im Bad unterhält er sich mit seinem Spiegelbild: „Ein wenig blass siehst du aus, alter Junge!“

Nun, es war auch lange nach Mitternacht, als er endlich ins Bett kam. Sogar einen Walzer hat er noch mit Gräfin Marisa getanzt, ohne dabei ihre High Heels zu zertrampeln! Seine Idee, den Ball-Fotografen nach dem Foto des verdächtigen Arztes zu fragen, war goldrichtig gewesen! Jutta Timm, die Zeugin aus Hofrat Scherzls Loge, konnte auf einem der vielen hundert Bilder den Mann einwandfrei identifizieren.

Durch Befragung der Kellner gelang es, den Gesuchten zu finden. Er saß an einem Tisch im Parkett. Er glich dem Mann auf dem Foto aufs Haar.

„Das ist er!", sagte die Zeugin aus der Loge. „Da bin ich ganz sicher!"

Aber der Mann, laut Pass ein gewisser Jim Beam aus Chicago, wehrte sich empört, als er hörte, dass er verdächtigt wurde, einen Diebstahl begangen zu haben.

„Wann soll das gewesen sein?“, fragte er. „Während der Darbietung der Debütantinnen?“ Er lachte spöttisch. „Da saß ich hier am Tisch!“

Fünf Leute, die mit ihm am Tisch saßen, bestätigten sein Alibi. Eine der Damen hatte sogar während des Eröffnungswalzers ein Handyfoto gemacht, auf dem Jim Beam deutlich zu sehen war. Waren die Zeugen gekauft? Die Überprüfung ergab, dass die Gäste sich erst am Tisch kennengelernt hatten. Es gab also keinen Grund, an ihrer Aussage zu zweifeln ...

„An der Sache ist trotzdem etwas faul“, murmelt Kugelblitz. Er geht ans Fenster seines Hotelzimmers und sieht nachdenklich auf den Stadtpark hinunter, wo gerade die ersten Jogger den Sonntagmorgen zum Frühsport nutzen.

Da regt sich sein schlechtes Gewissen, und er beschließt, ebenfalls ein wenig Sport zu machen. Einen ausgiebigen Spaziergang zumindest! Und danach wird er dann bei Figlmüller eines der berühmten knusprigen Wiener Schnitzel genießen. Schließlich ist Sonntag.

Auch Jim und Jack finden, dass der Sonntag ein besonderer Tag ist. Sie besuchen gemeinsam als Liebespaar getarnt die Ausstellung der Reichskleinodien in der Hofburg. Jim hat sich als Dame verkleidet, und Jack trägt Bart und Sonnenbrille. Ihre Augen quellen über, als sie die juwelenbesetzte Kaiserkrone Karls IV. bestaunen.

Jim macht ein Handyfoto.

Aber Jack zieht ihn weiter und sagt: „Nichts da! Wir wollten doch jetzt aufhören und in Ruhe unsere Erfolge genießen! Hast du die gepanzerte Tür am Eingang gesehen? Das Ding hier ist entschieden eine Nummer zu groß für uns.“

Jim kann sich nicht sattsehen an den berühmten Schätzen der deutschen Kaiser und Könige.

Jack bemerkt das gefährliche Funkeln in seinen Augen und sagt: „Vergiss es, Jim! Wir holen morgen bei Chopard noch die Cartier-Juwelen. Und das war’s dann. Unsere Fahndungsfotos sind schon im Internet. Wenn wir morgen fertig sind, verschwinden wir blitzschnell. Du bringst die Beute zum

Postamt, postlagernd nach Amsterdam, wie immer. Pack zur Tarnung eine Sachertorte dazu. Am Flughafen wechseln wir die Klamotten und reisen, wie geplant, als Mr und Mrs Hummingbird, nach Hawaii auf Hochzeitsreise. Du hast doch die Papiere?“

„Und die Flugtickets“, sagt Jim. „Wir fliegen über Hamburg – Paris – San Francisco, um unsere Spur zu verwischen.“

„Gute Idee“, nickt Jack zufrieden.

In solchen Dingen ist auf Jim Verlass!

Prinz Mirza und seine Familie nützen den Sonntagnachmittag für einen Ausflug. Hinter dem Stephansdom, wo die Fiaker auf Kundschaft warten, steigen sie in eine offene Kutsche. Yin sucht sich eine mit zwei Schimmeln aus. Sie fahren zum Prater. Es war die Idee des chinesischen Kindermädchens, mit ihren Schützlingen auf dem berühmten Riesenrad zu fahren. Die tüchtige junge Frau hat vorab eine ganze Gondel für die Familie reservieren lassen. Yin und Yang jauchzen, als sie in

schwindelnder Höhe Picknick mit echten Wiener Würsteln machen dürfen.

„Warum haben wir das nicht in Jamei?“, fragt Yin.

„Wiener Würstel? Die gibt es doch. Natürlich ohne Schweinefleisch“, antwortet ihre Mutter.

„Nein, ich meine das Riesenrad“, sagt Yin.

„Ich denke, in dem neuen Lunapark am Hafen von Jamjam ist eines geplant“, antwortet ihr Vater.

„Und ich wünsch mir einen Opernball“, sagt Prinzessin Layla und lacht. „In Dubai gibt es schon einen.“

„Dazu muss allerdings erst unser neues Konzerthaus fertig sein“, sagt Mirza. „Und das dauert noch ein bisschen. Wir planen es ja erst. Ich stelle mir vor, dass die Konzerthalle genauso schön aussehen wird wie die Wiener Müllverbrennungsanlage."

„Wie bitte?", sagt Prinzessin Layla und verschluckt sich fast vor Lachen.

„Ich hab sie fotografiert, als ich bei Kommissar Reindl im Bundeskriminalamt war, um über die Neuorganisation unserer Kripo zu sprechen."

Mirza zeigt seiner Frau auf dem Handy ein Foto von der Müllverbrennungsanlage, die als Heizkraftwerk genutzt wird. Friedensreich Hundertwasser hat sie durch seine architektonische Gestaltung in ein wahres Märchenschloss verwandelt.

„Großartig“, sagt Layla. „Jetzt verstehe ich, was du meinst.“

„Ich hab das Gebäude zufällig entdeckt, als ich bei Kommissar Reindl im Bundeskriminalamt aus dem Bürofenster sah, und war sofort begeistert“, sagt Mirza. „Die Japaner haben es schon nachbauen lassen, meint Reindl.“

„Energie aus verbranntem Müll gewinnen. Das ist genial!“, sagt Prinzessin Layla voller Bewunderung. „Und das Ganze in eine Märchenarchitektur zu verwandeln ebenfalls. Können wir den Architekten nicht nach Jamei holen?“

„Leider lebt er nicht mehr“, bedauert Prinz Mirza.

Die Reise nach Wien hat sich für Prinz Mirza in vielerlei Hinsicht gelohnt. Er bringt neue Eindrücke und Ideen mit nach Hause ins Wüstenreich. Sultan Ali wird begeistert sein!

Auch Prinzessin Layla ist zufrieden. Die Kinder hatten Spaß. Sie hat neue Garderobe eingekauft und viel über Land und Leute erfahren.

Für Montagmorgen ist noch der Besuch in der Spanischen Hofreitschule geplant. Mirza will versuchen, einen der Bereiter zum Training der jameianischen Rennpferde zu gewinnen. Zumindest für ein paar Jahre.

Die Kinder freuen sich sehr auf den Besuch der berühmten Hofreitschule. Die

Lipizzaner haben sie vor ein paar Tagen schon in ihrem Gestüt auf dem Land kennengelernt.

Als sie gegen Mittag in einer offenen Kutsche vom Prater ins Hotel zurückfahren, sagt Yin: „Daddy, kann der dicke Detektiv mit dem schwierigen Namen morgen mitkommen? Ich finde ihn voll cool!"

„Ich werde gleich anrufen und ihn fragen", antwortet ihr Vater und lacht.

Der Anruf erreicht Kugelblitz gleichzeitig mit einem tellergroßen Schnitzel, das ihm der freundliche Ober im Restaurant Figlmüller serviert.

„Hätten Sie Lust, uns morgen bei einer Vorführung in der Spanischen Hofreitschule Gesellschaft zu leisten, Q-el-Bliss Effendi? Wir haben Plätze in der Mittelloge. Die Kinder würden sich besonders freuen!“, sagt Prinz Mirza.

„Das mach ich gern“, antwortet Kugelblitz. „Das ist ein schöner Abschluss meiner Wien-Reise. Für Dienstagvormittag hab

ich meinen Rückflug nach Hamburg gebucht."

„Sagen wir 10 Uhr? Mein Chauffeur holt Sie ab."

Und nun die Fragen an alle energiegeladenen Detektive:

1. Woraus wird im Wiener Heizkraftwerk Strom gewonnen?
2. Wie heißt der berühmte Architekt, der die bunte Fassade entworfen hat?
3. Womit tankt Kugelblitz in diesem Kapitel Energie?

1. Aus Müll
2. Friedensreich Hundertwasser
3. Mit einem Wiener Schnitzel

Pferdehufe und Tigerpfoten

Die Vorführung in der Spanischen Hofreitschule ist bis auf den letzten Platz ausgebucht. Seit über 400 Jahren werden hier die weltberühmten Lipizzaner in der Dressur ausgebildet.

Als Erstes werden die jungen Hengste von ihren Bereitern vorgeführt, die sie meist seit der Geburt betreuen. Sie haben zum Teil noch ein graues Fell.

„Ich dachte, Lipizzaner sind Schimmel, und alle Schimmel sind weiß", sagt Kugelblitz.

„Irrtum", erklärt Prinzessin Layla. „Die meisten Schimmel werden mit dunklem Fell geboren und werden erst im Lauf der Jahre weiß. Ich habe mich mit der Geschichte

dieser Pferde befasst, als wir letzte Woche auf dem Gestüt in Piber waren, wo die jungen Lipizzaner aufwachsen. Mein Mann hat dort zwei Pferde für den Rennstall von Sultan Ali ausgesucht."

„Lipizzaner für Jamei?", wundert sich Kugelblitz, der in dem Wüstenstaat bei seinem Besuch vorwiegend Kamele gesehen hat.

„Es sind ausgezeichnete Reitpferde. Der königliche Reitstall ist gewachsen. Und Lipizzaner haben schließlich auch berühmte Araberhengste in ihrem Stammbaum", erklärt Prinz Mirza stolz.

„Das gibt es nicht!", sagt Kugelblitz plötzlich.

„Was gibt es nicht?“, fragt Mirza überrascht.

„Da drüben in der ersten Galerie. Rechts neben der jungen Dame. Das ist doch dieser Jim Beam! Der Verdächtige von gestern Abend auf dem Opernball!“

„Tatsächlich!“, sagt Prinzessin Layla nach einem Blick auf das Display ihrer Kamera. „Aber er hatte doch ein Alibi?“

„Schon“, sagt Kugelblitz. „Aber irgendwie ist es seltsam, dass er dem falschen Arzt so ähnlich sieht!“

„Doppelgänger nennt man das“, sagt Mirza. „Wir haben in Jamei zwei Männer in der Palastwache, die verwechsle ich auch dauernd.“

Die Kinder sind begeistert von den Pferden und enttäuscht, dass es streng verboten ist, während der Vorführung in der Hofreitschule zu fotografieren.

„Vielleicht besuchen wir die Pferde morgen noch im Stall“, sagt Layla. „Aber jetzt gehen wir erst einen Kaffee trinken und ein Eis essen. Sie begleiten uns doch?“, wendet sie sich an Kugelblitz.

„Gern! Eis essen kann ich besser als Walzer tanzen“, versichert Kugelblitz. „Ich bin ohnehin mit meinem Freund Alex um 13 Uhr im Café Demel am Kohlmarkt verabredet. Das ist nur fünf Minuten von hier. Es ist eines der berühmtesten Kaffeehäuser Wiens! Ich ruf ihn schnell an und

bitte ihn, einen größeren Tisch zu reservieren."

Es war eine gute Idee, einen großen Tisch zu reservieren, denn vor dem Kaffeehaus steht schon eine lange Warteschlange.

Alex von Borsody freut sich über die erweiterte Tischrunde. Er sagt zu Kugelblitz: „Gleich wird noch ein Bekannter von mir dazukommen. Kommissar Reindl vom Bundeskriminalamt. Der wollte meinen berühmten Freund kennenlernen und aus erster Hand etwas mehr von Tigertatze erfahren."

„Ein netter Kommissar. Ich freue mich, ihn wiederzusehen", sagt Prinz Mirza.

„Er hat mir ein paar gute Tipps für unsere Kripo gegeben."

„Darf ich dir was zeigen?", sagt von Borsody mit stolzem Lächeln zu Kugelblitz. Er zieht einen Zeitungsartikel heraus. „Da, lies mal!"

Es ist die Buchbesprechung seines neuen Kriminalromans.

„Ist ja wirklich fabelhaft! Gratuliere!", sagt Kugelblitz, nachdem er den Artikel gelesen hat.

Alex zwinkert mit den Augen und sagt: „Marisa kennt die Frau des Redakteurs der ‚Wiener Zeitung'!"

„Nun, ich finde deinen Roman wirklich gut!", sagt KK. „Vor allem kriegt dein Detek-

tiv den Schurken am Ende! Im wirklichen Leben ist es leider oft anders ...“

Kugelblitz genießt gerade seinen Eisbecher, da kommt Kommissar Reindl. Ein sehr sympathischer Kollege mit halblangen dunkelblonden Haaren. Im Nu sind die beiden Kommissare am Fachsimpeln.

„Sehr ärgerlich, der Vorfall beim Opernball gestern“, sagt Reindl. „Dabei waren unsere Beamten vor Ort.“

„Dieser Kerl ist äußerst gerissen“, brummt Kugelblitz und erzählt von seinen Erfahrungen mit Tigertatze.

Yin und Yang hält es jetzt nicht mehr auf ihren Plätzen. Die Kinder drücken sich die

Nasen an der großen Glasscheibe platt, durch die man in die Backstube der Konditorei schauen kann. Dort werden gerade neue Leckereien hergestellt und kunstvoll verziert.

Prinzessin Layla fragt einen jungen Pastetenbäcker, der gerade eine der köstlichen dekorierten Torten herausbringt, ob er nicht Interesse an einem Praktikum in der Schlossküche von Jamei hätte.

Da hört man plötzlich den schrillen Klang einer Alarmsirene.

Kommissar Reindl springt auf. „Kommen Sie, schnell“, sagt er zu Kugelblitz und packt ihn am Arm. „Einbruchalarm. Vermutlich beim Juwelier Chopard nebenan!“

Mühsam drängen sich die beiden Detektive durch die Warteschlange am Tortenbuffet und durch die Menge der Neugierigen, die sich draußen vor dem Laden des vornehmen Juweliergeschäfts eingefunden haben.

„Kriminalpolizei! Lassen Sie mich durch!“, ruft Reindl und zeigt seinen Ausweis, da er in Zivil ist.

Der Filialleiter des Schmuckgeschäftes lehnt kreidebleich an der Ladentür. „Gott sei Dank, Herr Kommissar!“, ruft er erleichtert. Er kennt Reindl. Der hat vor ein paar Tagen die Sicherheitsmaßnahmen für die Juwelenausstellung in den Geschäftsräumen überprüft und für gut befunden.

Ausstellung

„Wann und wie ist es denn passiert?“, erkundigt sich Reindl, nachdem er seinen Kollegen Kugelblitz vorgestellt hat.

„Vor zwei Stunden vielleicht? Die Juwelenausstellung wird ja erst morgen eröffnet. Es kamen noch ein paar Handwerker. Ein Glaser und ein Tischler. Alles zuverlässige Leute. Der Alarm an der Hintertür war deshalb ausgeschaltet. Da muss der Dieb sich reingeschlichen haben. Als meine Kollegin die Alarmanlage nach Beendigung der Arbeiten gerade wieder einschalten wollte, bemerkte sie, dass die ganze Cartier-Kollektion fehlte! Sie hat einen Schock erlitten und liegt jetzt ohnmächtig auf dem Boden der Goldschmiedewerkstatt. Eine Kollegin ist bei ihr. Der Notarzt muss jeden Augenblick kommen."

Kugelblitz und Reindl begleiten den Juwelier in die Werkstatt, wo die Angestellte gerade aus ihrer Ohnmacht erwacht ist.

„Ich fass es nicht!", sagt Kugelblitz, als er, wie schon fast befürchtet, den Tigerpfotenabdruck neben der Hintertür entdeckt. Den echten! „Der Tiger scheint mich zu verfolgen und nicht ich ihn!", brummt er mit grimmigem Gesicht. Sein Blick wandert zur Decke. Neben der Eingangstür ist eine Überwachungskamera angebracht.

Reindl deutet auf die Kamera und fragt den Juwelier: „War die eingeschaltet?"

Der Mann nickt. „Kommen Sie! Ich kann die Daten über den Computer im Büro abrufen!“

Als die Videodatei der letzten Stunde aufgerufen wird, sieht man fleißige Handwerker im Ausstellungsraum hin- und herlaufen.

„Halt!“, sagt Kugelblitz plötzlich und deutet auf einen Mann im Blaumann, der einen Werkzeugkasten trägt. Er läuft aus dem Bild. Als er kurz darauf wieder auf dem Bildschirm zu sehen ist, trägt er neben seinem Werkzeugkasten auch einen Mülleimer.

„Ein Handwerker, der nach getaner Arbeit nach Hause geht und vorher noch seinen

Müll wegbringt, würde man denken", sagt Kugelblitz. „Denken Sie, was ich denke?"

Reindl nickt finster: „Tigertatze!"

Sie fahren das Bild noch einmal zurück. Nur ganz kurz und schattenhaft ist das Gesicht des Einbrechers beim Betreten des Raumes zu sehen.

Der Mann trägt eine Schutzbrille, die das Gesicht zum Teil verdeckt, und eine geringelte Wollmütze. „Er sieht dem Verdächtigen von gestern Abend verflixt ähnlich!“, murmelt Kugelblitz. „Ich erkenne sein Ohrläppchen. Es hat einen winzigen Brillanten.“ Kugelblitz seufzt. „Aber leider muss *ich* dem Verdächtigen von gestern ein Alibi geben. Vor zwei Stunden war er in der Hofreitschule, und ich wette meine goldene Taschenuhr gegen einen ‚Rossknödel‘, dass die Fremdenführerin an seiner Seite sein Alibi bestätigen wird.“

Drei Fragen an alle Detektive, die sicher Verständnis für die Verzweiflung von Kugelblitz haben:

1. Wogegen verwettet KK die goldene Taschenuhr seines Großvaters, und was ist das?
2. Gibt es schwarze Schimmel?
3. Worin hat Tigertatze die Juwelen abtransportiert?

1. Gegen einen Rossknödel, das ist ein Pferdeapfel.
2. Die Fohlen von Lipizzaner-Schimmeln haben in den ersten Jahren oft dunkles Fell.
3. In einem Mülleimer.

Endspurt

Lisa Mascherl hat ihr kleines Hutgeschäft in der Nähe des Wiener Naschmarkts. Ein paar Treppen führen in den kleinen Laden im Untergeschoss hinunter. Sie ist eine grundehrliche Haut. Sie hat nur einen Fehler: Sie liebt Schanni, der, wie ihre Freundinnen vom Naschmarkt sagen, ein Hallodri ist. Von ihm stammt auch das kleine blasse Mädchen, das ihr in der Werkstatt hilft, wenn keine Schule ist, das Annerl.

Schanni geht tagsüber keiner geregelten Tätigkeit nach. Abends zieht er durch die Lokale und spielt auf seiner Quetsche Wiener Lieder – in Altstadtkneipen oder, wenn es den neuen Wein gibt, beim Heurigen in Grinzing.

Lisa verdient sich ihr Geld mühsam in der kleinen Putzmacherei, die sie von der Mutter übernommen hat. Zum Glück kommt es langsam wieder in Mode, Hüte oder verrückte kleine Kopfbedeckungen zu tragen.

Lisa dämpft gerade den Stumpen eines Filzhutes über einem Holzkopf, um ihm die gewünschte halbrunde Form zu verleihen, als die Glocke an der Werkstatttür bimmelt.

„Habe die Ehre, Frau Hofrat“, ruft Lisa überrascht und schaltet das Bügeleisen aus. „Der Hut für den Herrn Gemahl ist leider noch nicht fertig. Es fehlen die Eichelhäherfedern, die Sie draufhaben wollten.“

„Deswegen bin ich nicht hier“, beruhigt sie Helene Scherzl. „Es ist wegen Schanni.“

„Um Himmels willen. Er wird doch nix angestellt haben?“, ruft Lisa erschrocken. „Wenn Sie mir damals nicht geholfen hätten, dann säß er jetzt im Knast!“

„Nein, im Gegenteil!“, sagt Helene Scherzl. „Ich wollte Schanni um seine Mithilfe bitten. Er kennt sich doch aus in der Wiener Szene und weiß, wo man Sachen günstig kauft und verkauft. Ich wollt ihn einfach bitten, sich einmal umzuhören, ob irgendwo im Untergrund auf dem schwarzen Markt teure Juwelen angeboten werden. Vielleicht von einem, der aussieht wie der Mann auf dem Foto hier?“

„Der Wamperte?“, fragt das Annerl, das neben seine Mutter getreten ist.

„Nein, der Dünne daneben!“, erklärt die Hofrätin.

Lisa studiert das Bild mit Interesse.

„Ich hab’s in den Nachrichten gehört beim Bügeln“, seufzt sie. „Der Tigerpranken oder wie er heißt, hat auf dem Opernball Ihr Collier geklaut.“

„Es war nicht meines, es war nur geliehen“, sagt die Hofrätin. „Deshalb muss ich es unbedingt wiederhaben. Es soll euer Schaden nicht sein. Mein Mann sucht in der Firma einen zuverlässigen Boten, der sich in der Altstadt gut auskennt. Ein fester Job. Das wär doch was für Schanni, oder nicht?“

„Ja, er kennt sich aus“, seufzt Lisa. „Aber zuverlässig?“ Sie schnieft.

„Er wird es sein müssen, für dich und die Kleine“, sagt Helene Scherzl. „Ich werd ein energisches Wörtchen mit deinem Schanni reden müssen.“

„Da kommt er grad“, sagt Lisa und deutet auf die Tür, wo jetzt ein fröhlicher, etwa 30-jähriger Mann auftaucht. Die Zigarette hängt ihm schräg im Mundwinkel.

„Mach die Zigarette aus, die Kloane hat Husten“, fordert Lisa. „Warst scho in aller Herrgottsfrüh wieder beim Stammtisch?“ Sie schnuppert.

Jetzt erst bemerkt Schanni, dass sie nicht allein sind.

Lisa erklärt in wenigen Worten das Anliegen der Hofrätin. Dann nimmt sie das Annerl an der Hand und sagt: „Wir gehn jetzt Wäsche aufhängen!“

Sie lassen die beiden allein.

Helene Scherzl setzt all ihren Charme ein, um Schanni zu überreden, für sie nach einer Spur des Colliers zu suchen. Die Aussicht auf einen festen Job findet er überraschenderweise gar nicht so schlecht.

„Da wüsst i vielleicht scho was“, sagt er schließlich und kratzt sich hinter dem Ohr.

Und dann erzählt er von dem Mann, der in der vergangenen Woche in letzter Minute

unbedingt noch einen Logenplatz für den Opernball haben wollte. Er hat einem Schwarzhändler bei der „Gräfin vom Naschmarkt“ sehr viel Geld dafür bezahlt.

„Er sah pfeilgrad aus wie der Mann auf dem Foto. Nur andere Klamotten.“

Ohne dass es die beiden bemerken, ist das Annerl wieder in die Werkstatt gekommen.

Sie zeigt auf das Foto, das auf dem Werkstatttisch liegt, und sagt: „Ich hab den Mann gesehen. Mama hat gesagt, ich soll es sagen. Als ich am Samstag den Hut für eine Kundin ins Hotel Ambassador gebracht hab, war er am Empfang. Er hat sich vorgedrängelt. Dabei ist mir die Hutschachtel aus

Wien

der Hand gefallen. Ich hab Angst gehabt, dass sie kaputtgeht, und war sauer auf ihn. Daher hab ich mir sein Gesicht gemerkt."

So ist es dem Annerl zu verdanken, dass bereits eine Stunde später, nach dem Anruf der Helene Scherzl bei Kommissar Reindl, zwei Ermittler des Bundeskriminalamts im Hotel Ambassador auftauchen und nach dem Mann auf dem Foto fragen.

„Herr Daniels ist leider vor einer halben Stunde abgereist", bedauert die Dame am Empfang. „Er hat ein Taxi zum Flughafen bestellt."

„Die Spur ist brandheiß!", sagt Reindl, als er mit Kugelblitz telefoniert. Er erzählt von

den Erkundigungen seiner Ermittler und der klugen Helene Scherzl. „Treffen wir uns am Flughafen?“

„Da wollte ich sowieso heute noch hin“, sagt Kugelblitz. „Ich bin schon am Packen, denn um 11 Uhr muss ich das Zimmer räumen. Ich hab die 14-Uhr-Maschine gebucht.“

Als Kugelblitz gerade seinen Schlafanzug einpackt, klingelt das Handy. Es ist Sonja Sandmann. „Wollte nur wissen, ob Sie den Ball gut überstanden haben, Chef!“

„Ja, sogar den Walzer mit Gräfin Marisa“, antwortet Kugelblitz. „Aber Tigertatze tanzt wieder allen auf der Nase herum!“

Er erzählt, was passiert ist.

„Natürlich wäre ich lieber mit einem Erfolgserlebnis zurückgeflogen!“, sagt Kugelblitz. „Am liebsten mit Tigertatze in Handschellen. Aber als Trost bringe ich euch eine leckere Sachertorte mit.“

„Vielen Dank! Das ist dringend nötig. Die Zwiebelzwillingstorte ist nämlich alle“, sagt Sonja Sandmann und lacht. „Nächste Woche hat Pommes Geburtstag, und der kann überhaupt nicht gut backen.“

Kugelblitz legt auf und fasst sich an die Stirn. Zwiebelzwillingstorte! Das Wort zuckt wie ein Blitz durch sein Gehirn.

„Zwillinge!“, ruft er laut und hüpft vor Freude. „Es gibt nicht eine Tigertatze, sondern zwei. Einen, der die Tat ausübt,

und einen, der für das Alibi sorgt! Nur so kann es erklärt werden, dass man dem Verdächtigen trotz der Tatortfotos nichts nachweisen kann!“

Er greift zum Telefon und ruft seinen Kollegen Reindl an. Der ist schon unterwegs zum Flughafen.

„Sagen Sie, Reindl, hat der Mann, den wir Sonntagnacht in der Oper verdächtigten, als Hotel nicht das Sacher angegeben? Ich erinnere mich daran, weil es mich auf den Gedanken gebracht hat, meinen Mitarbeitern eine Sachertorte mitzubringen.“

„Stimmt!“, sagt Reindl etwas verwirrt.

„Und jetzt wohnt der gleiche Mann angeblich im Hotel Ambassador?“

„Richtig“, bestätigt Reindl.

„Dann ist es der Gleiche, aber nicht derselbe“, sagt Kugelblitz.

„Wie meinen Sie das?“

„Ich denke, dass es sich bei Tigertatze um zwei Täter handelt, die sich zum Verwechseln ähnlich sehen. Zwillinge vermutlich. Einer begeht die Tat, und der andere lenkt vom echten Täter ab und sorgt für ein perfektes Alibi.“

„Genial! So könnte es sein! Suchen wir also nach Zwillingen!“, antwortet Reindl. Es klingt hoffnungsvoll. „Helfen Sie mir beim Suchen? Vier Augen sehen mehr als zwei.“

„Bin schon unterwegs“, verspricht Kugelblitz.

Die Enttäuschung ist allerdings groß, als die beiden Detektive auch mithilfe der Flughafenpolizei auf dem Flughafen nirgends zwei Männer entdecken, die Zwillinge sein könnten.

Auch die Namen Jim Beam und Jack Daniels finden sich bei keiner Fluggesellschaft in den Abfluglisten.

„Das klingt verflixt nach Decknamen“, murmelt Kugelblitz, der trotz des Misserfolges seinen Humor nicht verliert. „Zumal es sich bei den Namen um bekannte Whiskeymarken handelt. Was für eine Schnapsidee!“

„Vielleicht sind sie doch mit der Bahn oder dem Auto auf und davon“, seufzt Reindl.

„Da kann man nichts machen.“

Kugelblitz verabschiedet sich.

Seine Maschine nach Hamburg startet pünktlich.

Als die Stewardess Getränke serviert, fällt Kugelblitz das Pärchen auf, das ihm schräg gegenüber sitzt. Die Dame hat eben mit sehr dunkler Stimme „Orangensaft bitte“ gesagt. Und wenn ihn nicht alles täuscht, trägt sie eine blonde Perücke. Der Haaransatz, den man sieht, wenn sie sich nach vorne beugt, ist dunkel.

Kugelblitz mustert unauffällig den Partner der seltsamen Dame. Er trägt eine Sonnenbrille. Das scharfe Auge des Kommissars erkennt, dass der Bart nicht echt ist. Moment mal, denkt Kugelblitz. Das

Ohrläppchen mit dem winzigen Brillanten kommt mir bekannt vor.

Er bohrt ein kleines Loch in die Zeitung, die er zu lesen vorgibt, und beobachtet die beiden unauffällig. Richtig Herzklopfen bekommt er, als er sicher ist, dass es sich um die beiden Verdächtigen handelt.

Er kritzelt etwas auf einen Zettel und bittet den Steward, diese Botschaft mit seiner Visitenkarte dringend in das Cockpit zu bringen und dem Kopiloten zu geben.

So kommt es, dass das angebliche Honeymoon-Pärchen Mr und Mrs Hummingbird in Hamburg von der Flughafenpolizei in Empfang genommen wird.

NEWS

„Super, Chef, wie Sie das wieder hingekriegt haben!“, staunen Sonja Sandmann, Peter Zwiebel und Fritz Pommes, die ihren Chef neben ihrem Streifenwagen auf dem Flughafen in Hamburg-Fuhlsbüttel erwarten. „Einfach großartig!“

Noch während er am Gepäckband auf seinen kleinen Koffer wartet, ruft Kugelblitz seinen Freund Alex an und berichtet von dem Erfolg.

„Da hat zum Glück nach allen Fehlschlägen und Enttäuschungen am Ende ‚Kommissar Zufall‘ kräftig mitgeholfen“, sagt Kugelblitz zufrieden.

„So ist das Leben eben! Zufälle, nichts als Zufälle“, antwortet der Krimiautor. „Und

wenn man das in einer Geschichte schreibt, glaubt es einem kein Mensch."

Zum Schluss noch zwei Detektivfragen für internationale Ermittler:

1. Was bedeuten diese österreichischen Wörter?
   a. Quetsche
   b. Stumpen
   c. Wamperter
   d. Hallodri

2. An welchen fünf Merkmalen erkennt Kugelblitz das verkleidete Gaunerpaar?

1. a. Ziehharmonika
b. Rohling für einen Hut, Zigarre
c. rundlicher Mann
d. leichtfertiger Mensch, Taugenichts

2. Blonde Perücke, dunkle Stimme, dunkler Haaransatz, Brillantohrring im Ohrläppchen, unechter Bart

Liebe Detektive,

könnt ihr euch vielleicht denken, warum ich so gern in die österreichische Hauptstadt Wien reise?
Nun, man muss kein Meisterdetektiv sein, um herauszufinden, dass mich neben dem berühmten Wiener Charme, dem Wiener Schmäh (Humor), dem Wiener Schnitzel, den Wiener Würsteln (die dort Frankfurter heißen) vor allem die köstlichen Mehlspeisen locken. Karamellisierter Kaiserschmarrn mit Rosinen, Nüssen und Vanilleeis: ein Traum!
Damit es euch nicht ergeht wie Jack und Jim, den beiden Gaunern in unseren Krimi (die dachten nämlich bei Palatschinken an ein Schinkenbrot), machen wir einen leckeren Blitzlehrgang für Speisekartendetektive.
Viel Spaß dabei!

Euer Isidor Kugelblitz

Ermittlungen auf der Speisekarte

Kreuze die Begriffe an, die du kennst. Sind es mehr als 30? Dann hast du vielleicht schon öfter Urlaub in Österreich gemacht oder bist dort geboren?

☐	Beiried	Rückenfilet
☐	Blunzengröstl	Blutwurst (geröstet)
☐	Einspänner	Kaffee mit Sahne
☐	Erdäpfel	Kartoffeln
☐	Fisolen	Bohnen
☐	Fleischvögerl	Rouladen
☐	Frankfurter (Würstl)	Wiener
☐	Frittatensuppe	Pfannkuchensuppe
☐	Germknödel	Hefeklöße
☐	G'spritzter	Weinschorle
☐	Jause	Brotzeit
☐	Kaiserschmarrn	KKs Leibgericht!
☐	Karfiol	Blumenkohl
☐	Kartoffelgröstl	Bratkartoffelgericht
☐	Kletze	Dörrpflaume

☐	Kren	Meerrettich
☐	Marille	Aprikose
☐	Melange	Milchkaffee
☐	Melanzane	Aubergine
☐	Mozartkugeln	runde Pralinen
☐	Nockerl	Spätzle
☐	Obazda	angemachter Käse
☐	Palatschinken	Pfannkuchen
☐	Paradeiser	Tomate
☐	Zwetschkenröster	Zwetschgenkompott
☐	Powidl	stark eingedickter Zwetschkenröster
☐	Radi	Rettich
☐	Radler	Limo/Biergemisch
☐	Reherl	Pfifferlinge
☐	Erdäpfelpuffer	Kartoffelpuffer
☐	Ribisel	Johannisbeeren
☐	Salzburger Nockerln	duftige Eierspeise
☐	Scherzl	Brotanschnitt
☐	Schlagobers	Schlagsahne
☐	Schwammerl	Pilze
☐	Selchkarree	Kassler

Ein paar Wörter Österreichisch

☐	Semmerl	Brötchen
☐	Tafelspitz	gekochtes Rindfleisch
☐	Topfen	Quark
☐	Vogerlsalat	Feldsalat
☐	Zwetschkenfleck	Pflaumenkuchen

Achtung: Rossknödel bitte nicht verspeisen. Das sind Pferdeäpfel.

Ein paar weitere typische Wörter, die dir bei deinen Ermittlungen in Wien über den Weg laufen oder fahren könnten:

Fiaker	Zweispännige Kutsche/Kutscher
Hallodri	Taugenichts
Madl	Mädchen
Quetsche	Ziehharmonika
Radl	Rad
Rotznigel	schlimmer Junge
Schnauferl	Oldtimer
Stadl	Scheune
Stumpen	Rohling für einen Hut
Taxler	Taxifahrer
Tram	Straßenbahn
Wamperter	rundlicher Mann
Zamperl	kleiner Hund

Die österreichische Sprache kann sehr zärtlich sein. So verwendet man gern die Verkleinerungsform mit -erl: Schatzerl, Spatzerl, Herzerl, Busserl, Hunderl, Katzerl, Maderl, Mascherl (Schleife), Gschichterl. Die Verkleinerungsform ist auch bei Gegenständen beliebt: Hoserl, Tascherl, Schachterl, Sackerl (Tragetüte), Pickerl (Aufkleber, Autobahnvignette), Jackerl, Sockerl, Batzerl (kleine Menge).

Geheimnis der Namen

Frau Scherzl	Scherzl = Brot-anschnitt
Herr Reybach	Reibach = Gewinn bei einem Geschäft
Kommissar Reindl	Reindl = (Suppen)topf
Jim Beam und Jack Daniels	Amerikanische Whiskeymarken

Geschichte & Co.

Wien war jahrhundertelang die Haupt- und Residenzstadt der Habsburger Könige und Kaiser und eines der wichtigsten politischen und kulturellen Zentren Europas. Die Schlösser, Paläste, Parks, die heute das Stadtbild prägen, entstanden zumeist in der Kaiserzeit (1804–1867) und während der Österreichisch-Ungarischen Monarchie (1867–1918). Sie heißt „k. u. k. Monarchie", weil das Staatsoberhaupt Kaiser von Österreich und König von Ungarn war.
Heute ist Wien die Hauptstadt und zugleich das neunte eigenständige Bundesland der Republik Österreich. Die Stadt besteht aus 23 Bezirken. Unser Krimi spielt im 1. Bezirk, der inneren Stadt.

Der Ring

1857 traf Kaiser Franz Joseph die Entscheidung, die alten Festungsanlagen der Stadt abzureißen und stattdessen einen repräsentativen Boulevard zu errichten, den heutigen „Ring". Wie ein Gürtel

umschließt die Ringstraße fast die ganze Altstadt. Jeder, der in der Gesellschaft des 19. Jahrhunderts etwas gelten wollte, errichtete dort ein Palais. Auch die Hotels, in denen KK und Prinz Mirza wohnen, und die berühmte Staatsoper liegen dicht am Ring. Der gesamte Straßenzug gehört heute zum „Weltkulturerbe Historisches Zentrum von Wien".

Die Staatsoper

Wien ist ohne Musik nicht denkbar. Die Oper steht für das musikalische Wien und seine weltbekannten Komponisten. Das Gebäude wurde 1861–69 im Renaissance-Stil am Ring erbaut. Dass sich Kaiser Franz Joseph bei der Eröffnung abfällig über das Gebäude äußerte, haben die beiden Architekten nicht verkraftet. Einer bekam einen Herzinfarkt, der andere beging Selbstmord. Heute sind die Wiener stolz auf ihre berühmte Oper, die Weltstars und Publikum in gleicher Weise anzieht. Kugelblitz erlebt sie als „Tatort" während des großen Opernballs.

Stephansdom

Der gotische Dom mit dem bunt gedeckten Ziegeldach wird von den Wienern liebevoll „Steffl“ genannt. 343 Stufen führen hinauf in die Türmerstube. Vom Domplatz aus laden kleine verwinkelte Gassen zur Entdeckung der Altstadt ein. Die Namen der Gassen, Plätze und Märkte erzählen von der mittelalterlichen Stadtgeschichte. Rings um den Dom warten die Fiaker auf ihre Kunden. In der Silvesternacht versammelt sich halb Wien in den Straßen und auf den Plätzen um den Dom und wartet darauf, dass seine Glocken das neue Jahr einläuten.

Die Hofburg

Die riesige Hofburg am Michaelerplatz war bis 1918 Residenz und Zentrum des Habsburger Reiches. Angeblich befinden sich dort 2600 Räume, die sich auf 18 Haupt- und Nebengebäude verteilen, die mit Toren, Rundbogen und versteckten Gängen über 19 Höfe miteinander verbunden sind.

Die spanische Hofreitschule

Die spanische Hofreitschule befindet sich innerhalb der Hofburg. Dort wird seit über 460 Jahren die klassische Reitkunst gelehrt und vorgeführt. In einer prächtigen Arena kann man (wie Kugelblitz) von Galerien aus zu bestimmten Zeiten den Lipizzaner-Hengsten und ihren Bereitern beim Training zusehen. Auf einem Gut in Piber werden heute noch die berühmten Schimmel für die Reitschule gezüchtet. In unserer Geschichte bestellt Prinz Mirza in Piber Lipizzaner für seinen arabischen Reitstall.

Der Prater

Im 16. Jahrhundert ließ Kaiser Maximilian II. das Gelände des heutigen Prater in den Donauauen als Jagdrevier einzäunen. Ab 1766 bekam auch das Volk Zutritt. Es entstanden die ersten Wurstelpraterbuden, Gaststätten und Fahrgeschäfte. Volksfeste wurden gefeiert, Feuerwerke abgebrannt und schließlich das berühmte Riesenrad errichtet. Auch Montgolfiers Heißluftballon, die

„Montgolfiere“, stieg von dort erstmals in den Himmel.
Jedes Jahr am 1. Mai heißt es: „Im Prater blüh'n wieder die Bäume ...“. Dann feiern die Wiener das traditionelle große Praterfest.

Wiener Kaffeehäuser
Die Kaffeehäuser sind aus Wien heute nicht mehr wegzudenken. Es gibt sie seit etwa 300 Jahren. Nach der Belagerung Wiens durch die Türken fand man in Wien Geschmack an dem „Türkentrank'“, der aus komischen schwarzen Bohnen gebraut wurde. Die ersten privaten Kaffeestuben entstanden.
Am 16.7.1700 verlieh Kaiser Leopold I. das Privileg, Kaffee, Tee und Schokolade herzustellen, offiziell an die Kaffeesieder. In der Folge wurden die Kaffeehäuser zu beliebten Treffpunkten der Gesellschaft. Es wurde dort nicht nur Kaffee getrunken, sondern auch diskutiert, musiziert, gelesen und Klatsch und Nachrichten ausgetauscht.

Die arabische Kaffeekultur verbreitete sich auch in anderen europäischen Haupt- und Handelsstädten. In Venedig wurde das erste Kaffeehaus schon 1645 eröffnet. Es folgten London (1652), Paris (1672), Bremen (1673), Hamburg (1677).
Das „Demel" und das „Meinl", die in unserer Geschichte vorkommen, zählen zu den berühmtesten Kaffeehäusern Wiens.

Museen
Eine große Zahl interessanter Museen und Kunstgalerien aller Art sind in Wien zu besichtigen. Unsere beiden Juwelendiebe interessieren sich aus verständlichen Gründen vor allem für die Schatzkammer in der Hofburg. Dort werden neben anderen Kostbarkeiten auch die „Reichskleinodien und Krönungsinsignien des Heiligen Römischen Reiches" aufbewahrt, die seit dem 10. Jahrhundert jeder Kaiser und König bei der Krönung tragen musste. Dazu gehören die Reichskrone, das Reichskreuz, das Zepter, der

goldene Reichsapfel und das Schwert. 1423 verfügte Kaiser Sigismund, dass die Reichskleinodien zur ewigen Aufbewahrung an die Stadt Nürnberg übergeben werden sollten. Zur Zeit der Napoleonkriege wurden sie aber nach Wien in Sicherheit gebracht, wo sie auch nach der Abdankung Kaiser Franz' II. (1806), und dem Ende des Kaiserreiches verblieben.

Naschmarkt

Der Naschmarkt ist einer der vielen Märkte Wiens. Dort findet man ein riesiges, farbenprächtiges Angebot an frischen Lebensmitteln aus aller Herren Länder. In kleinen Restaurants und Imbissbuden kann man einige der Spezialitäten gleich an Ort und Stelle genießen. Auch in der näheren Umgebung des Naschmarkts gibt es viele kleine Cafés und Lokale. In einem davon, der „Gräfin vom Naschmarkt", besorgt Jim Beam die Karten für den Opernball.

Liebe Krimileser,

wenn euch das Wien-Abenteuer gefallen hat, habt ihr vielleicht ja Lust, Kugelblitz auch auf seinen Reisen in andere interessante Städte zu begleiten.
Echt spannend, das kann ich euch versprechen! Und ich weiß, wovon ich rede, denn ich bin die „Ghostwriterin", die seit vielen Jahren alle Abenteuer des vielbeschäftigten Ermittlers für euch aufschreibt. Haargenau so, wie er sie mir erzählt.
In den Städtebänden erfahrt ihr am Schluss obendrein in „Geschichte & Co" ein wenig über Land und Leute. Außerdem schnappt ihr ganz nebenbei auch ein paar Wörter in der Landessprache auf.
Wenn ihr umblättert, könnt ihr eine Kostprobe aus dem London-Band lesen.
Eure

www.scheffler-web.de

Raub in der City Bank

Die Meldung von Scotland Yard lautet: Raub in der City Bank!

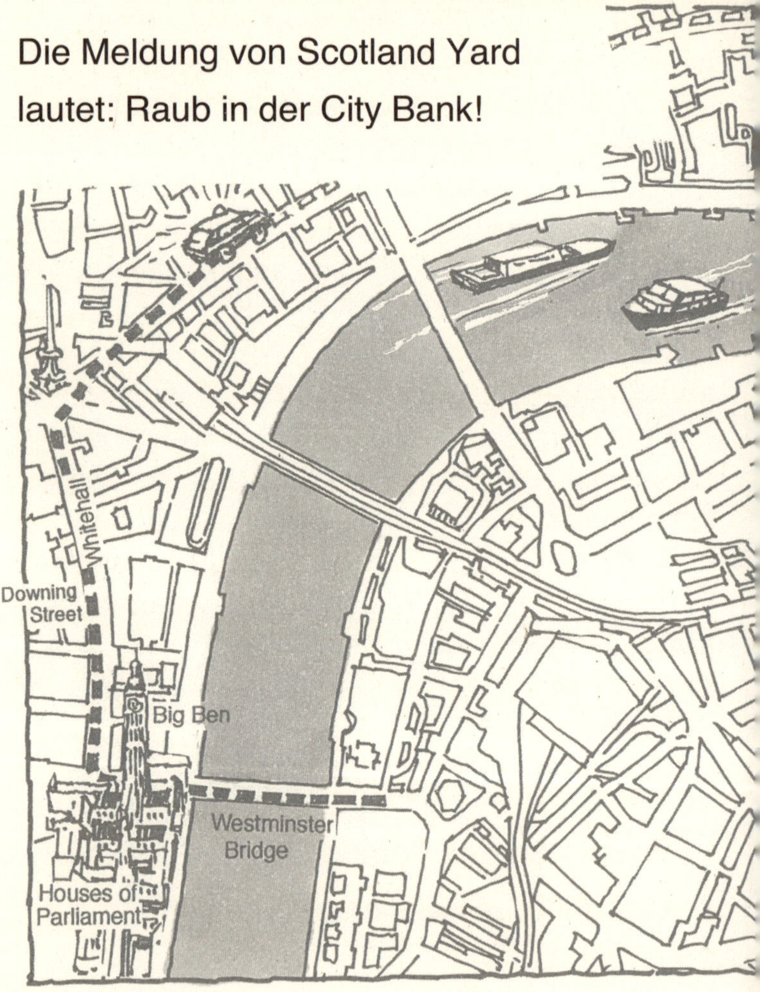

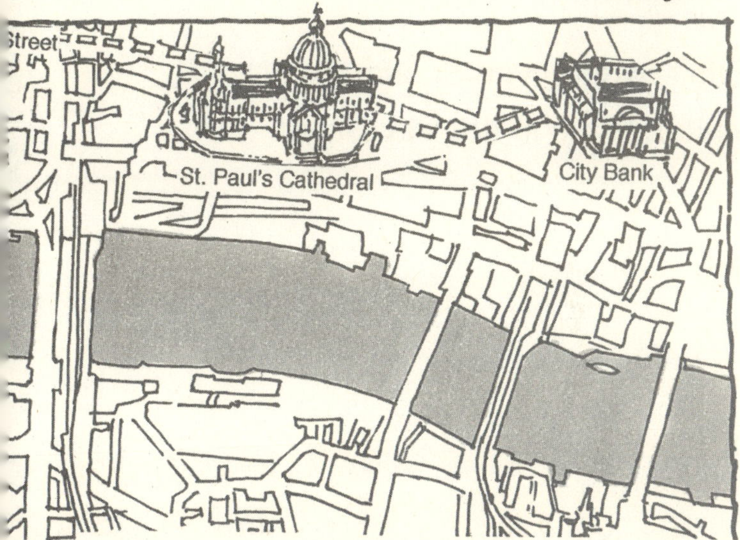

Mit Blaulicht braust der Einsatzwagen in Richtung Innenstadt. In den Kurven quietschen die Reifen.

Kugelblitz krallt sich Hilfe suchend am Haltegurt fest und rollt mit den Augen. Puuuh, an das Tempo und den Linksverkehr muss er sich erst gewöhnen!

Sie fahren an der Themse entlang. Dann überqueren sie den Fluss auf der Westminster Bridge. Vorbei geht's an den Houses of Parliament und Big Ben.

Dann rechts ab nach Whitehall. Die schmale Downing Street lassen sie links liegen. Die *Horse Guards* der *Queen* zucken unter ihren goldenen Helmen nicht mit der Wimper, als das Polizeiauto vorbeirast.

Jetzt geht es die Fleet Street entlang in die City. Hinter der St. Paul's Cathedral erreichen sie das Bankenviertel.

Vor der City Bank stehen zwei Streifenwagen. Die Kollegen von der Spurensicherung sind schon da, als *chief inspector*

Brown den Tatort betritt. Kugelblitz folgt ihm unauffällig. Ihm schwirrt noch der Kopf von der wilden Fahrt.

„*A goat came into the bank!*“, berichtet der Beamte vor Ort aufgeregt.

„*A goat?*“, staunt der chief inspector ungläubig.

„*A grey goat!*“, bestätigt der Mann.

„Ein grauer Mantel am Tatort?“, erkundigt sich Kugelblitz verwirrt.

„*No-no-no! Goat, not coat!*“, verbessert ihn Brown und muss lachen. „*What's the German word? Oh, I think it's ‚Zicke‘!*“

Er deutet mit beiden Zeigefingern Hörner auf seinem Kopf an.

„Du meinst Ziege? Eine Ziege in der

Bank? Ziemlich verrückt!“, findet Kugelblitz.

„You are right“, stimmt Harry zu. *„That's crazy!“*

Ein bobby, der zufällig in der Nähe Streifendienst hatte, schildert jetzt ausführlich,

was geschehen ist: Eine Ziege betrat genau um 15.13 Uhr die Schalterhalle. Sie löste nicht nur sämtliche Überwachungskameras aus, sondern erregte auch die Aufmerksamkeit und die Heiterkeit von Angestellten und Kunden.

Nur so ist es zu erklären, dass es den Bankräubern möglich war, sich unbemerkt Zugang zum Tresorraum zu verschaffen.

Während oben die Angestellten und Kunden damit beschäftigt waren, die störrische Ziege zu beruhigen und sie mit Sandwiches und Apfelstücken in eine ruhige Ecke zu locken, räumten die Diebe in Seelenruhe mit einem Nachschlüssel den Banksafe eines

Wettbüros aus. Der Safe enthielt Wetteinnahmen in Höhe von einer Million Pfund, die bis zur Auszahlung der Wetten in der Bank aufbewahrt werden sollten.

„Die Täter müssen ziemlich gut informiert gewesen sein", murmelt Kugelblitz. „Und irgendwie muss einer an den Nachschlüssel zum Schließfach gekommen sein."

„*You are right*", bestätigt Brown. „*But where is the goat now?*"

Der *bobby* berichtet, dass ein besorgtes Mitglied des Tierschutzvereins gleich im Londoner Zoo angerufen habe. Von dort sei sofort ein Tierpfleger gekommen und habe sich um das Tier gekümmert.

Er war schneller da als der Notarzt, der sich um den Kassierer kümmern musste, der vor Schreck in Ohnmacht gefallen war.

„Any traces?“, erkundigt sich *chief inspector* Brown.

Ein Beamter der Spurensicherung sagt, dass die Räuber mit Vorsicht und mit Handschuhen gearbeitet hätten und dass man bisher keine verdächtigen Hinweise gefunden habe – außer einem Stückchen Ziegenhorn, das abbrach, als das Tier die Marmorwand neben der Damentoilette rammte.

Leseprobe aus: Kugelblitz in London

Kommissar Kugelblitz

Alle Fälle deine

Band 1	Die rote Socke	ISBN 978-3-505-11511-0
Band 2	Die orangefarbene Maske	ISBN 978-3-505-11512-7
Band 3	Der gelbe Koffer	ISBN 978-3-505-11513-4
Band 4	Der grüne Papagei	ISBN 978-3-505-11514-1
Band 5	Der lila Leierkasten	ISBN 978-3-505-11515-8
Band 6	Das blaue Zimmer	ISBN 978-3-505-11516-5
Band 7	Der schwarze Geist	ISBN 978-3-505-11517-2
Band 8	Das rosa Nilpferd	ISBN 978-3-505-11518-9
Band 9	Die schneeweiße Katze	ISBN 978-3-505-11519-6
Band 10	Der goldene Drache	ISBN 978-3-505-11520-2
Band 11	Der Jade-Elefant	ISBN 978-3-505-11521-9
Band 12	Der Fall Koralle	ISBN 978-3-505-11522-6
Band 13	Kürbisgeist und Silberspray	ISBN 978-3-505-11523-3
Band 14	Der Fall Kobra	ISBN 978-3-505-11524-0
Band 15	Rauchsignale	ISBN 978-3-505-11525-7
Band 16	Nashornjägern auf der Spur	ISBN 978-3-505-11526-4
Band 17	KK fischt im Internet	ISBN 978-3-505-11527-1
Band 18	Der Fall Giftnudel	ISBN 978-3-505-11528-8
Band 19	Der Fall Kiwi	ISBN 978-3-505-11529-5
Band 20	Die Akte 2013	ISBN 978-3-505-11530-1
Band 21	Die Moskito-Bande	ISBN 978-3-505-11531-8
Band 22	Vermisst am Mississippi	ISBN 978-3-505-11543-1
Band 23	Das Geheimnis von Spooky Hill	ISBN 978-3-505-11546-2
Band 24	Der Fall Wüstenkönig	ISBN 978-3-505-11616-2
Band 25	Das Geheimnis der gefiederten Schlange	ISBN 978-3-505-11744-2
Band 26	Schnee auf Mallorca	ISBN 978-3-505-11907-1
Band 27	Tote trinken keine Cola	ISBN 978-3-505-12135-7
Band 28	Der Fall Shanghai	ISBN 978-3-505-12246-0
Band 29	Der Fall Rhinozeros	ISBN 978-3-505-12441-9
Band 30	Piraten der Wüste	ISBN 978-3-505-12731-1
Band 31	Alarm in Windhuk	ISBN 978-3-505-12896-7

www.schneiderbuch.de